EL LEÓN DESTRONADO
y otras nueve historias

Título original: *König Löwe und neun andere Geschichten*
Traducción: Silvia Bardelás
Diseño de cubierta: Eugenia Alcorta / Virginia Ortiz
Diseño y maquetación de interiores: Virginia Ortiz

© 1990 Beltz Verlag, Weinheim und Basel
Programm Beltz & Gelberg, Weinheim
Alle Rechte vorbehalten

©1999 EDICIONES GAVIOTA, S. L.
Manuel Tovar, 8
28034 MADRID (España)
ISBN: 84-392-8797-6
Depósito legal: LE. 802-1999

Printed in Spain - Impreso en España
Editorial Evergráficas, S. L.
Carretera León - La Coruña, km 5
LEÓN (España)

EL LEÓN DESTRONADO
y otras nueve historias

Erwin Moser

ÍNDICE

El león destronado

Había una vez un poderoso león que vivía en una estepa, donde reinaba por ser el más fuerte. Un día, los animales llegaron a la conclusión de que ya no necesitaban ningún rey.

—¡Nosotros solitos ya sabemos qué tenemos que hacer! —dijeron—. ¡No necesitamos ningún rey, y mucho menos uno con un corazón de piedra como el león!

Y desde ese día no volvieron a hacerle caso al león. Ninguno de los animales le dedicaba una reverencia cuando aparecía; en realidad, casi ni le saludaban.

El león quería seguir siendo rey fuera como fuera. Sentía su orgullo herido y no quería abdicar bajo ningún concepto.

—¡Yo soy el rey! —iba rugiendo por la estepa—. ¡Venid todos en seguida y decidme que soy vuestro rey!

Pero nadie fue. Eso le dolió tanto que decidió matar a uno de los animales de la estepa, para que se dieran cuenta de una vez por todas que él todavía era el rey.

El primer animal que se cruzó en su camino fue el zorro del desierto. Y el rey quiso matarlo en ese mismo momento, pero el zorro del desierto era un corredor más rápido. Atravesó la estepa corriendo hasta llegar a su guarida en el desierto. El león se abalanzó sobre él desde atrás a grandes saltos y rugió hasta que la estepa entera se estremeció. El zorro del desierto se salvó por los pelos. Se escurrió por el agujero y se puso a salvo porque el león era tan grande que no podía seguirle por el estrecho agujero.

Allí estaba el rey destronado, aún más rabioso que antes.

—¡Sal en seguida y di que yo soy el rey! —gritó—. Si lo haces, te dejaré vivir.

El zorro asomó un poco el hocico y dijo:

—Estaría encantado de reconocerte como rey si me demostraras que todavía eres el más fuerte.

—¿Cómo que demostrar? —dijo el rey enfurecido—. Puedo desafiar a cada uno de los animales.

—Es posible —dijo el astuto zorro—. No lo dudo. ¿Pero desafiarías al sol? ¿Te atreves a mirarlo directamente durante dos horas sin pestañear? Si te atreves a eso, yo te reconoceré como rey.

El león rió escandalosamente.

—Siempre has sido un tío loco, zorro. Pero bien, quiero demostrarte que no tengo miedo a nada ni a nadie.

Y se acostó panza arriba frente a la guarida del zorro, abrió los ojos tanto como pudo y miró al sol. Pasó una hora y el león no había cerrado los párpados ni una sola vez. Pasó media hora más, y el león seguía sin pestañear. Como es natural, ya le dolían los ojos y tenía que hacer un gran esfuerzo para no cerrarlos.

Cuando casi se habían cumplido las dos horas, el león tenía un dolor de cabeza espantoso, y delante de sus ojos ya solamente había cruces rojas que bailaban. Pero él continuó.

Se cumplieron las dos horas y el león se levantó.

—¡Muy bien! —dijo el zorro—. Eres realmente atrevido. Eso tengo que decirlo.

—¿Dónde... dónde estás? —preguntó el león asustado porque no podía ver al zorro.

¡No podía ver absolutamente nada! Sólo había una masa roja delante de sus ojos y en su cabeza todo daba vueltas.

—¡Estoy ciego! —gritó el león aterrado—. ¡Estoy ciego!

—¿Cómo? —dijo el zorro disimulando—. ¿Que estás ciego? Pues, la verdad es que eres fuerte y valiente, león, pero tienes que entender que no puedo reconocer a un rey ciego. De verdad que lo siento.

Y salió corriendo para llevar a los otros animales la noticia.

Pero el león ciego estaba dominado por una ira espantosa.

—¡Te has burlado de mí, maldito zorro! —gritó.

Y empezó a correr desenfrenado por la estepa.

—¡Soy el rey! ¡Soy el rey! ¿Me oís?

Pero los animales se apartaban de su camino, y él no podía hacerles nada porque no los veía.

Al llegar la noche, el león se calmó. Tenía

sueño y estaba agotado. Lleno de desesperación, se arrastró a tientas por la hierba sin saber qué hacer. Entonces se golpeó en la cabeza con una rama, y estaba tan cansado que se acurrucó debajo del árbol y se fue quedando dormido.

Pasó la noche y comenzó la mañana. Salió el sol y el león todavía dormía porque no sabía que ya era de día.

Pues bien, encima de él, en la copa del árbol, había un nido de pájaros. En él estaban tres pajarillos que deseaban volar, pero sólo habían aprendido un poquito. Sus padres había salido a buscar comida. Uno de los pajarillos era un personaje especialmente inquieto. Empezó a sentir unos deseos enormes de poder volar. Ya alguna vez había estado a punto de dejarse caer desde el borde del nido, y siempre se había detenido en el último momento, porque sabía que sus alas todavía eran débiles.

Pero aquella mañana se sentía tan libre y fuerte que quiso intentarlo. El pajarillo dio un salto desde el borde del nido y se dejó caer. Se había sobrevalorado. Sus pequeñas alas no le respondieron, y se estrelló a los pies del árbol.

Allí estaba acostado el león ciego, y el pajarillo cayó justo en su blanda y abundante melena. Así se despertó el gran animal.

—¿Qué pasa? —dijo asustado, y de un salto se puso a cuatro patas.

—¡Te pido mil veces perdón! —pió el pajarillo—. No quería interrumpir tu sueño, poderoso león. Yo quería volar, pero no me ha salido bien.

—¿Quién eres tú? —dijo el león suavemente, porque la ingenuidad del pajarillo le había reconfortado de un modo extraño y le había hecho sentirse bien.

—Soy un pájaro joven —dijo el pajarillo—. ¿No puedes verme?

—No —dijo el león—. Estoy ciego. El zorro me ha engañado.

Y le contó al pajarillo toda la historia.

—Es una historia muy dura —dijo el pajarillo cuando el león terminó—. Pero, ¿por qué te empeñas en ser rey si los otros animales ya no quieren tener ningún rey?

—¡Porque así ha sido siempre, y porque siempre tiene que haber un rey! —contestó el león, y eso volvió a enfurecerle—. Tienes que ayudarme a volver a ser rey, pájaro. Te quedarás conmigo, en mi melena, y me mostrarás el camino. Voy a hacer que esos desagradecidos animales tiemblen de miedo. ¡Les voy a demostrar que no estoy acabado!

El pájaro no contestó nada a eso porque el león ciego le daba ahora todavía más pena que antes.

—Para empezar, llévame hasta la guarida del zorro. Está fuera, en el desierto —ordenó el león—. Antes de nada voy a poner las cosas en su sitio.

—¿Qué quieres hacerle? —preguntó el pajarillo.

—¿Que qué quiero hacer con él? —el león rió con rabia—. Lo voy a cortar en trocitos, ya verás. Y cada animal que no quiera reconocerme como rey, acabará de la misma manera. Venga, vamos, muéstrame el camino.

Y el pajarillo hizo lo que le pidió el león. Así que le llevó hasta el desierto. Caminaron durante muchas horas, y el león preguntaba una y otra vez:

—¿Ya ves la guarida del zorro? Está en una roca redonda y gris. ¿La ves?

Pero el pajarillo no veía ninguna roca redonda y gris. No conocía a fondo el desierto y llevó al león por el camino equivocado. Después de siete horas de marcha estaban desorientados. Sólo había arena alrededor, nada más.

—¡Ah, pájaro tonto! —gritó el león—. Me
has llevado por el camino equivocado. ¿Era
esa tu intención? ¡Criatura desagradecida!
¡Pero, espera, ya verás!

Y el león, furioso con el pajarillo, empezó
a darse golpes en la cabeza. Y también le
golpeó a él, y el pajarillo salió despedido por
el aire a mucha altura.

¡Cuando más y más lejos subía el pajarillo en el cielo, abrió sus pequeñas alas y
aleteó, aleteó y voló! Podía volar. ¡Era verdad que podía volar! Eso le puso tan feliz
que subía cada vez más alto en el aire, y
ahora además vio dónde terminaba el de-

sierto, y voló en dirección hacia la estepa.

En el límite del desierto vio el pajarillo al zorro sentado en una roca. Voló hasta él y se posó a su lado. Y le contó cómo se había tropezado con el león, cómo lo había guiado hasta el desierto, y tampoco se calló la intención de la marcha.

Entonces el zorro se rió al oírlo.

—Le está bien empleado —dijo—. Ahora sólo tiene que morirse de sed en el desierto.

—No —dijo el pajarillo—. El león en el fondo es un tipo de buen corazón. Sólo que siente su honor herido, y está ciego. Tienes

17

que ayudarle. ¡Ve hasta él y muéstrale el camino para salir del desierto!

—¿Yooo? —gritó el zorro—. ¿Por qué precisamente yo? Muéstrale tú el camino. ¡A mí me quiere cortar en miles de trocitos, como tú mismo has dicho!

—No, tú tienes que sacarlo de allí —dijo el pajarillo—. Porque tú eres el culpable de que se haya quedado ciego. Si le ayudas, a lo mejor te perdona.

Entonces, el zorro refunfuñó fastidiado entre dientes, porque él sabía que el pájaro tenía razón. Últimamente había tenido remordimientos. Y cuando la conciencia va mal, ya nunca más hay alegría en la vida. Un enemigo por aquí, un enemigo por allá... El león necesitaba ayuda y el zorro se puso a caminar por el desierto.

Mientras tanto, el león se había acurrucado desamparado allí, en medio de un calor agobiante. Ahora ya no rugía ni corría desenfrenado, porque sabía que estaba solo. Y también sabía que pronto iba a morir. Cuando tuvo claro eso, empezó a pensar, y cuanto más pensaba sobre sí mismo y su vida, más se tranquilizaba. «¡Pero qué tipo tan miserable soy!», pensó. «He golpeado a un pajarillo. Un pequeño pájaro que era mi amigo...» En ese momento en que su ira desapareció, supo que el pajarillo le había llevado por el camino equivocado sin ninguna mala intención.

«Soy un monstruo, no un rey», pensó el león. «Quería ser rey por la fuerza, y eso es justo lo opuesto a lo que es un rey. Peor aún: quería matar a todos sólo para satisfacer mi vanidad. ¡Oh, merezco terminar de este modo!»

Se acurrucó en la arena, cerró sus ojos ciegos y pidió mentalmente perdón a todos los animales.

Cuando llevaba una hora así tendido y había ido profundizando cada vez más en sí mismo y mirando en su interior, el león oyó de repente pasos de unas patas que se iban acercando. Levantó su cabeza, abrió los ojos y vio al zorro del desierto que se acercaba. ¡Lo vio! ¡Podía ver otra vez! ¡Ya no estaba ciego! El sol había cegado sus ojos sólo temporalmente. ¡Ahora volvían a estar sanos!

El zorro se acercó sin hacer ruido y habló:

—León, yo soy el zorro. Sólo quería decirte que lo siento. El asunto con el sol... hace que me sienta mal últimamente. Me remuerde la conciencia y no estoy nada

acostumbrado a eso. Quiero decir... no quería realmente que te quedaras ciego del todo, ¿entiendes? ¿Puedes..., quieres..., aj, maldita sea, cómo tengo que decirlo...?

—Sí, te perdono, zorro —dijo el león—. Los dos queremos enterrar el asunto y olvidarlo. Perdóname a mí también por haber querido matarte. Yo ya no quiero ser nunca más rey. Díselo al resto de los animales de la estepa. Y ahora sé tan amable de llevarme hasta mi guarida.

El zorro abrió los ojos desmesuradamente al escuchar eso. Nunca había oído al león hablar así. Y le mostró, lleno de respeto, el camino hasta su casa.

Y el león no le dijo a nadie que podía ver de nuevo. Más tarde fue nombrado el más alto juez de la estepa porque se había convertido en alguien sabio y tranquilo. Fue un juez justo y lleno de comprensión, y todos los animales lo querían y le hacían caso porque sabían que podía leer en sus corazones.

Se cuenta que de cuando en cuando se podía ver al león en un punto concreto del desierto. Allí se encontraba cada cierto tiempo con un enorme cóndor. Adivina quién era...

El tigrescarabajo

Aquel año creció una mata de patata en el jardín.

Los caracoles estaban indignados, las abejas arrugaban su hocico de miel, los ratones daban rodeos para no encontrarse con la planta, y los grillos cantaban con desgana.

—¡Este vegetal apesta! —gritaron los caracoles—. ¡Éste no es lugar para él!

—¡Es un estorbo! ¡No tiene ni una sola hoja dulce! —zumbaron las abejas.

—¡Repugnante! —recalcaron los ratones.

—¡Una planta horrible! —cantaron los grillos.

La planta de patata no gustaba a ninguno

de los habitantes del jardín. Pero no se podía hacer nada porque crecía espléndida. Es posible que con el tiempo los animales terminaran por acostumbrarse a la mata de patata. Seguramente podrían incluso haber olvidado su desagradable olor, si no fuera porque un día, así, como salido de la nada, apareció un escarabajo.

Como suele ocurrir, el escarabajo se instaló en la planta de la patata, subió por ella tranquilamente rodeándola hasta la cima, y mordisqueó con apetito las gruesas hojas.

¡Daba gusto verlo! Tenía un cuerpo muy alegre a rayas negras y doradas con mucho brillo.

De hecho, las abejas encontraron esa mezcla de negro y dorado simpatiquísima, aunque, claro, hay que tener en cuenta que sus cuerpecitos están coloreados de la misma manera. Y tampoco los otros animales tenían nada contra su aspecto. Pero, ¡qué pena, qué pena! El escarabajo apestaba, incluso más que la planta de la patata.

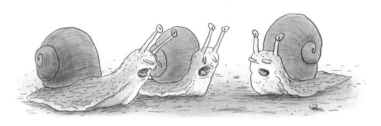

—¡Es una vergüenza! —gritaron los caracoles.

—¡Un estorbo para nuestro trabajo! —zumbaron las abejas.

—¡Este apestoso tiene que irse a otra parte! —dijeron los ratones.

—¡Desde luego, aquí se pierden las ganas de hacer música! —dijeron los grillos.

A ninguno de los habitantes del jardín les gustaba el escarabajo. Y a pesar de eso, se quedó, y no pudieron hacer nada para evitarlo. Pero, aunque estaba decidido, el escarabajo se sentía herido por el rechazo de los animales.

—¿Oyes cómo me insultan? —le dijo a la

chinche, el vecino que vivía en la mata de grosellas—. No sé cuánto tiempo podré resistirlo. Pero, ¿qué puedo hacer con ellos?

La chinche, que tampoco olía muy bien, le consoló.

—¡Déjalos que hablen! —dijo—. Todavía deben acostumbrarse a ti, como tuvieron que acostumbrarse a mí. La situación no es tan difícil, créeme.

Y seguramente los animales habrían terminado por acostumbrarse también al escarabajo, si no fuera porque, un día, los organizadores del festival de verano de los grandes conciertos de grillos eligieron el jardín como escenario. A la semana siguiente debía celebrarse el gran concierto. Se esperaba que acudieran unos cien grillos, los mejores músicos del país. Sólo el jardín más bonito podía tener ese honor.

Los grillos que vivían en él protestaron.

—¡La mata de patata y el escarabajo tienen que irse! —gritaron.

—¡Fuera, fuera! —zumbaron las abejas.

—¡Bien, el topo se encargará de eso! ¡Que desentierre ese vegetal apestoso!

—Por fin se va a hacer algo —dijeron los caracoles.

—¡Y que eche fuera también a la chinche! Esto es un jardín de flores, no un patatal.

Mientras un ratón buscaba al topo, la chinche escaló hasta llegar a donde estaba el escarabajo.

—¡Amigo mío, ahora esto se ha puesto peligroso! —le dijo—. ¡Pero déjame actuar a mí! ¡Tengo una idea para este caso!

¡En aquel momento llegaban los ratones con el topo!

—¡Ésa es la planta! —dijeron. Y señalaron la mata de patata.

—¡Desentiérrala, topo! —gritaron los caracoles.

—¡Venga, no tardes! —cantaban los grillos.

—¡Venga, venga! —zumbaron las abejas.

El topo se cubrió la nariz con una pata y empezó a acercarse a la mata de patata.

—¡Alto! —grító entonces la chinche desde lo alto de la planta—. ¡No deis un grito más! ¡Está claro que no sabéis con quién estáis tratando! Este escarabajo —y señalaba al escarabajo que, de pura angustia, había empezado a rezumar un sudor amarillo que olía espantosamente—. ¡Este escarabajo que veis aquí, es muy especial! Es un tigrescarabajo venido de la lejana India. Allí era un ti-

gre, antes de que un mago enfadado lo con-
virtiera en un escarabajo. ¡Mirad, todavía se
pueden ver las rayas de tigre! ¡Acercaos a
él, pero con cuidado! Si se pone nervioso,
es posible que vuelva a convertirse de golpe

en tigre. Así que marchaos a vuestras casas y dejadlo en paz. Deberíamos estar orgullosos de que un animal tan especial viva en este jardín. Pensadlo bien. Y ya no os digo nada más.

Los animales habían escuchado perplejos a la chinche. Y luego quedaron en completo silencio. Poco después, el topo dio media vuelta y se alejó arrastrándose.

—Tigre... —murmuró—; no, prefiero no meterme con un tigre.

—¡Miente! —gritaron los caracoles—. ¡Este apestoso escarabajo no ha sido jamás un tigre!

—¡Psst! ¡No gritéis! —dijeron los grillos—. No le pongáis nervioso. No vayáis a despertarle del encantamiento. Puede que todo sea mentira, pero también puede ser que no. ¿Quién lo sabe con seguridad?

—Pues la verdad es que tiene auténticas rayas de tigre... —cuchicheaban los ratones.

—Mmmmm, mmmmm... —zumbaban las abejas, pensativas.

Claro, se preguntaban de dónde habían sacado ellas sus rayas negras. ¿Y si fueran también ellas tigres encantados y lo que pasaba es que lo habían olvidado? ¡Muy interesante ese asunto, de verdad, ¡muy interesante!

Sólo los caracoles seguían refunfuñando en una esquina, pero al final se dispersaron. Los animales fueron regresando a sus casas.

Cuando todos desaparecieron, la chinche empezó a reírse.

—¿Ves cómo lo he conseguido? —le dijo al escarabajo.

El escarabajo se quitó el sudor de la frente.

—Gracias —dijo—. Me has salvado la vida, aunque no me gusta nada eso de engañar.

—¡Paparruchadas! —dijo la chinche—. En primer lugar, también me he salvado a mí mismo. Y en segundo lugar, en el fondo, ¿cómo puedes estar seguro de que no eres un tigre encantado? ¡Vamos, ruge!

—¡Estás loco! —dijo el escarabajo.

—¡Tú hazlo! ¡Intenta rugir! —dijo la chinche.

—¡Grrr! —le salió al escarabajo.

Pero casi no se oyó y miró tímidamente a la chinche.

—Para ser la primera vez, lo has hecho francamente bien —dijo riéndose la chinche. Y se arrastró para subir a su grosellero—. Lo importante es que ahora estamos tranquilos.

La tranquilidad no duró más que tres días. Fue entonces cuando en la gran pradera, justo detrás del jardín, instaló un circo su carpa. Y, claro, el circo tenía también sus animales: un elefante, dos focas, un oso, y... ¡un tigre de la India!

Las abejas fueron las primeras que lo vieron todo. Llegaron volando al jardín y avisaron a los habitantes de la presencia del peligroso tigre.

—¡Tiene tres metros de largo! —dijeron—. ¡Y unas patas peligrosísimas que terminan en largas garras, y si le miras a los ojos, tiene una mirada tan terrorífica que acabas desmayándote! ¡Pero lo peor de todo es esa boca inmensa llena de dientes afilados!

—¡Qué horror! —gritaron los ratones mientras se tapaban los ojos con sus patas—. ¡Desde luego, parece cien veces más horrible que un gato.

—¡Qué peligro, qué peligro! —cantaban los grillos.

—¡De eso nada! —gritaron los caracoles—. No es más que un tigre de circo que vive en una jaula. No hay nada que temer. ¡Al contrario! ¡Nos viene como caído del cielo! Así podemos poner a prueba al apestoso tigrescarabajo. Que vaya hasta la jaula del tigre y que le dé las buenas tardes. Entonces podremos comprobar si realmente es un tigre encantado. ¡Oye, tigrescarabajo! ¿Has oído? ¡Demuéstranos eso que dices! ¡A ver si te atreves a acercarte a la jaula!

La chinche se arrastró inmediatamente hasta ponerse al lado del escarabajo.

—¡Mantén la calma! —le susurró—. En seguida lo arreglo todo.

El escarabajo ya había empezado a sudar de nuevo.

—Esto nos pasa por tus mentiras —le dijo—. ¡Nunca! ¡Jamás me pondré delante de esa jaula, que te quede claro!

—Pero si no necesitas hacerlo —susurró

la chinche—. Ahora nos pondremos manos a la obra con nuestra táctica del encantamiento. Tranquilízate y confía en mí.

—A ver, ¿qué pasa? —gritaron los caracoles—. ¿Va a ver al tigre o no?

—¡Pero cómo no va el tigrescarabajo a visitar a su amigo indio uno de estos días! —dijo la chinche en tono altivo—. ¡Naturalmente, está emocionado ante el encuentro!

—¡Ya! —gritaron los caracoles—. ¿Uno de estos días? ¿Por qué no va ahora mismo? ¿Y por qué hablas tú siempre por él? El pequeño apestoso escarabajo tiene miedo del tigre. ¡Esa es la verdad! Y tiene miedo porque, claro, él no es ningún tigrescarabajo. ¡La chinche miente! Echad de una vez a los dos del jardín. ¿A qué esperáis? ¡Ya no hay tiempo! El concierto es dentro de tres días.

A los grillos les temblaban las antenas. Estaban muy desanimados. Los ratones se rascaban la cabeza pensativos. Y las abejas vibraban muy suavemente. ¡No sabían a quién creer! La reunión se disolvió poco a poco.

—¡Atontados! —gritaron los caracoles.

Y volvieron a sus casas muy enfadados.

Cuando todos se hubieron ido, dijo la chinche:

—Estos caracoles son unos auténticos cerdos. Nunca he podido aguantarlos; se lo han ganado; poco a poco han conseguido que me den realmente asco. Pero vamos a acabar con ellos. ¿Eh, tigrescarabajo?

—¡Olvídate ya de eso del tigrescarabajo! —dijo el escarabajo—. Cada vez me metes en un lío más gordo. ¿Qué debo decir, que me alegro mucho de tener que encontrarme con el tigre?

—Ni que decir tiene que no irás a verlo —dijo la chinche—. Vamos a retrasar el asunto. Y como un circo no se queda mucho tiempo... No te preocupes por nada. Yo lo arreglo.

—¡Ojalá todo salga bien! —dijo el escarabajo. Y empezó a sudar otra vez—. ¡Ojalá todo salga bien!

Volvió otra vez la tranquilidad, pero no duró mucho. Un día antes del concierto de los grillos, los habitantes del jardín, guiados por los caracoles, volvieron a acercarse al escarabajo. Esta vez todos parecían muy decididos. Los caracoles habían tenido una larga charla con los otros animales, y poco a poco, ellos iban dejando de creer en la historia del tigre encantado. Incluso habían vuelto a llamar al topo.

El escarabajo vio cómo se acercaban.

—¡Chinche¡ ¡Chinche! —llamó con voz ahogada mirando a la punta superior del grosellero—. ¡Ayúdame, chinche, que vienen hacia aquí!

Pero la chinche no le oyó. Las grosellas ya estaban maduras, y la chinche había comido tantas durante el día, que ahora dormía profunda y plácidamente.

—¡Escarabajo apestoso! —gritaron los caracoles—. Baja de tu también apestosa mata. Ahora mismo vamos a limpiar esto. ¡Haz las maletas! ¡Fuera de nuestro precioso jardín!

—Pero... pero... —tartamudeaba el escarabajo.

Y empezó a sudar horriblemente y, claro, también a oler horriblemente.

—¡Nada de peros! —gritaron los caracoles—. Ya nadie se cree tu falsa historia. ¡Conviértete en tigre si es que puedes! Bueno, ¿qué pasa?

En ese momento sonó un fuerte rugido y la frágil valla del jardín cayó al suelo. El tigre real de la India apareció majestuoso sobre las tablillas caídas y miró aburrido alrededor.

Las abejas salieron zumbando de allí. Los caracoles, los ratones, los grillos y el topo se quedaron paralizados de horror.

¿Qué había pasado? El cuidador, después de darle la comida al tigre, había olvidado cerrar la puerta de la jaula. Y el enorme animal, apenas terminó el almuerzo, salió tranquilamente de la jaula para dar un paseo y echar un vistazo al lugar. Se sentía atiborrado y satisfecho mientras caminaba despacio por la pradera. Y entonces vio la valla del jardín. Como quería mirar por encima, puso sus pesadas patas sobre la valla y ésta se rompió. Pestañeaba, medio adormilado y con un aburrimiento terrible. Estuvo así sólo unos minutos, después inclinó su poderosa cabeza y olfateó la mata de patata, donde estaba el escarabajo, medio muerto de miedo, sentado en el extremo superior. El pobre escarabajo sudaba y apestaba como nunca. El tigre le rozó ligeramente con su húmeda nariz y se retiró de un salto. Aquel olor no le gustaba ni pizca. Rugió con desgana, dio media vuelta y abandonó el jardín. El domador llegó corriendo hasta él por la pradera, se puso delante de él y le colocó un collar. El tigre se dejó conducir hasta la jaula sin rechistar. Se sentía lleno y cansado y allí fuera no había nada interesante. ¡Que se fueran al diablo los escarabajos apestosos, de verdad!

Pero en el jardín, los animales estaban saliendo de su parálisis y empezaban a comentar excitados unos a otros:

—¿Habéis visto? El tigre ha venido a ver a su amigo. ¡Al final todo era verdad! ¡Y cómo se ha inclinado ante él y qué le habrá susurrado! ¡Sí! ¡Qué grande era! ¡Terrorífico y maravilloso! ¿Qué habrá querido decirle al oído?

—¡Yo lo he escuchado! —gritó un ratoncito—. Buenas tardes, mi viejo amigo tigrescarabajo. Eso dijo.

—¿De verdad? ¿Y qué le contestó el tigrescarabajo?

—El tigrescarabajo le dijo a él: ¡qué alegría me das con tu visita, gran hermano!

—¿Y qué más?

—No pude entender más —dijo el ratón, que todo esto simplemente se lo había imaginado, pero que se sentía feliz de poder participar del éxito del tigrescarabajo.

Los grillos saltaron a la mata de patata para presentar sus respetos al escarabajo y disculparse. Desde luego, todos habían cambiado de actitud y se agolpaban para rendirle honores. Todos menos los caracoles, que se habían enterrado en lo más profundo de sus casas y hacían como si no hubieran visto nada.

Aquella noche, la chinche subió hasta donde estaba el escarabajo.

—¡Ua, he dormido estupendamente! —dijo bostezando—. ¿Alguna novedad, escarabajo?

—Se puede decir que sí —contestó el escarabajo con una expresión irónica en su cara—. Mi amigo, el tigre real, me ha visitado hoy. Todo está muy bien allá abajo, en la India. Me ha dado recuerdos para ti. Y a propósito, eso de «escarabajo» por esta vez te lo perdono, pero tienes que saber que a los tigres encantados no les gusta nada que alguien les llame así...

La historia del valioso jarrón, la ciruela, las viejas nueces y el tubo de pintura

Junto a una casa de campo crecía un ciruelo. Sus ramas sobrepasaban el tejado, y una de ellas terminaba justo sobre un pequeño ventanuco que estaba abierto. En el extremo de la rama colgaba la última ciruela del otoño. Las demás ciruelas habían sido recogidas o se habían caído al suelo. Sólo aquélla había podido resistir tantos días colgada del árbol. Estaba muy madura, deliciosamente dulce y tenía el tallo seco. ¿Cuánto tiempo seguiría balanceándose en el aire?

Un soleado día de otoño, de repente, pasó una suave brisa casi rozando la rama, y la ciruela entró por el ventanuco al des-

41

ván. Cayó delante de un jarrón que estaba en el suelo y se quedó allí perdida.

—¡Au! —gritó la ciruela al caer junto al jarrón.

—¿Por qué no pones la debida atención y miras dónde caes? —le regañó el jarrón—. Yo soy un valioso jarrón antiguo que no puede ser arrollado. ¿Dónde se ha visto eso? No es suficiente con que esté abandonado en este miserable desván cubriéndome de polvo, sino que además tengo que permitir que una ciruela medio podrida salte contra mí. ¡Sal de ahí! ¡Ponte a rodar y aléjate de mí! Ten la bondad de pudrirte en cualquier otro lado.

—¡Eh! —gritó la pequeña ciruela—. ¡Yo no estoy podrida! ¡Estoy completamente sana y huelo de maravilla! Siento mucho haber caído contra ti. ¿Pero qué podía haber hecho para evitarlo? No te pongas así, viejo bote. ¡Que no ha pasado nada!

—¿Cómo viejo bote? —gritó el jarrón—. ¡Estoy hecho de la más antigua porcelana! ¡Soy chino! ¡Pero qué sabrás tú del mundo!

—¡Déjalo! —tres viejas nueces tiradas allí al lado entraron en la conversación—. Han estropeado mucho el jarrón. Está amargado

porque se han olvidado de él; pobre, tenemos que ser pacientes.

—¡Cerrad vuestras bocas! —gritó el jarrón—. No necesito la compasión de unas nueces resecas. ¡Aj, cómo me repugna todo!

—¡Tiene un carácter espantoso! —dijo la

ciruela—. La verdad es que imaginaba que un jarrón ilustre tendría otra educación. ¡Y está tan lleno de polvo! Nadie diría que tenga algo de valor. A lo mejor no es más que un bote grasiento.

—¡No, no! —dijo entonces un tubo sucio y arrugado que estaba pegado a las nueces—. Yo soy un tubo de pintura y entiendo algo de arte. Es imposible ver los dibujos del jarrón, pero está tan maravillosamente pintado que sólo puede ser chino.

—Pero ahora —dijo una de las nueces con tristeza— ya nadie tiene que representar ningún papel. Para nosotros, los habitantes de un desván, la vida ha terminado. Todos tenemos el mismo destino, somos inútiles y olvidados. El recuerdo de los buenos tiempos es lo único que nos mantiene todavía. ¡Ay, qué maravilla entonces, cuando colgábamos de nuestro árbol, vestidas con un abrigo verde oscuro! ¡Teníais que vernos entonces! Todo ha terminado, todo ha terminado. Nuestras carnes están arrugadas y secas, pero al menos todavía sobrevive la cáscara. Pero de ti, pobre ciruela, no quedará nada.

—Sí, es muy triste —suspiró el tubo—. Yo, poco a poco lo estoy olvidando todo. Ya no sé qué color hay dentro de mí. Al final incluso perdemos la memoria.

Un viejo escarabajo, que vivía cerca, en un saco de trigo, lo había oído todo.

—No habléis así —dijo—. Estáis vivos, todavía estáis aquí, y mientras se está vivo, se puede esperar que ocurra algo bueno. ¡No hay ninguna situación absolutamente desesperada!

No le hicieron caso. Unos cuantos suspiros de tristeza fue lo único que obtuvo el escarabajo por respuesta. Después, el desván polvoriento se quedó en silencio.

Por la tarde, fueron desapareciendo los rayos de sol que entraban por el ventanuco, el cielo se oscureció y estalló una tormenta.

El campesino subió al desván para cerrar la ventana e impedir que lloviera dentro. Cuando llegó a la altura de la ventana, volcó el jarrón. El susto le hizo dar un paso atrás y pisar el tubo de pintura. El tubo reventó y salió disparada una pasta brillante de color verde oscuro que se derramó sobre las tres viejas nueces.

El jarrón se sintió feliz. El campesino lo frotó con la manga y se quedó impresionado por los maravillosos dibujos de flores que aparecieron. Decidió llevárselo abajo para enseñárselo a su mujer. Cerró el ventanuco, y al coger el jarrón vio la ciruela. «Debió de caerse a través de la ventana», pensó el campesino. «¡Parece deliciosa! ¡La última ciruela de este año!» La limpió con su delantal y se la comió mientras bajaba muy alegre las escaleras de madera.

La lluvia picoteaba cada vez más fuerte en el tejado. El brillo de los relámpagos. El sonido de los truenos. El viejo escarabajo se resguardó al calor del saco de trigo.

«¡Verde!», pensó el tubo, feliz. «¡Mi color es verde oscuro! ¡Y cómo brilla! ¡Está totalmente fresco y joven!»

Y gracias a eso, hay tres nueces que lucen como si otra vez llevaran su abrigo verde.

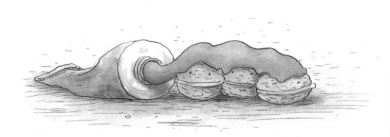

Knips, el cangrejo

Knips, el pequeño cangrejo, vivía en el fondo del mar. Una vez a la semana atravesaba el enorme bosque de algas para ir a la escuela de cangrejos. Los pequeños cangrejos son muy inteligentes. Un día de colegio a la semana basta para que lleguen a ser perfectos.

—¡Queridos niños! —dijo el profesor, un viejo cangrejo gris—. Hace dos semanas aprendimos que la ballena es el animal más peligroso que existe. La pasada semana aprendimos cómo se parte una concha. Hoy vamos a aprender qué debe hacer un cangrejo si se encuentra en una situación peligrosa. Así que hoy tendre-

47

mos una clase muy corta porque la respuesta es facilísima: en una situación peligrosa solamente tenéis que pellizcar. Siempre pellizcar, nada más. Pellizcos cortos y fuertes. ¡Un pellizco! ¡Un pellizco! ¿Lo habéis entendido todos?

—¡Sí, señor profesor! —gritaron los pequeños cangrejos.

—¡Muy bien! —dijo el viejo cangrejo—. Las clases han terminado por esta semana. Ahora ya sois valientes, volved a casa y practicad por el camino los pellizcos. Adiós, niños.

—¡Adiós, señor profesor! —gritaron los pequeños cangrejos.

Y se fueron a casa atravesando el bosque de algas. Casi dos toneladas de algas llegaron a arrancar a pellizcos por el camino. También Knips fue muy aplicado y arrancó los tallos de las algas. Atravesó pellizcando el bosque marino hasta el límite, y miró al otro lado con curiosidad.

«Así que ya sé pellizcar», pensó. «¿Pero qué será exactamente una situación peligrosa? Me encantaría estar en una situación peligrosa.»

Entonces apareció Esmeralda, la gorda y

gelatinosa medusa que nadaba por allí.
Cuando vio a Knips, le gritó:

—¿Qué pasa, pequeño cangrejo? ¿Es
que ya ha terminado la escuela por hoy?
¡No se te ocurra salir del bosque de algas!

Aquí fuera, en la plataforma del fondo del mar hay mucho peligro. Ahora mismo acabo de ver al viejo malhumorado tiburón, ahí detrás, junto a un barco hundido. ¡Vuelve en seguida a casa, pequeño cangrejo!

«¿Peligro?», pensó Knips. «¡Qué bien!»

Cuando la medusa desapareció, salió del bosque de algas arrastrándose y paseó por el interminable y arenoso fondo del mar.

¡Y de repente!

¡De repente llegó un salmonete y se tragó al pequeño cangrejo!

El salmonete quiso seguir nadando, pero apareció un pez emperador y se tragó al salmonete.

—¡Socorro! —gritó el salmonete—. ¡Un pez de boca enorme me ha tragado!

—¡Te está bien empleado! —dijo Knips en la barriga del pez.

En ese momento, el pez de boca enorme quiso seguir nadando, pero entonces llegó un atún y se tragó al emperador.

—¡Auxilio! —gritó el pez de boca enorme—. Me ha devorado un atún.

—¡Te está bien empleado! —dijo el salmonete en la barriga del emperador.

—¡Sí, os está bien empleado! —gritó

Knips en la barriga del salmonete. El atún quiso nadar hacia su casa, pero entonces llegó un tiburón y se tragó al atún.

—¡Socorro! ¡Auxilio! —gritó el atún—. ¡Un tiburón me ha tragado!

—¡Te está bien empleado! —dijo el emperador en la barriga del atún.

—¡Os está bien empleado! —dijo el salmonete en la barriga del emperador.

—¡Ahora aguantad las consecuencias! —gritó Knips en la barriga del salmonete.

El tiburón nadó un rato por allí, y entonces apareció un pez gigante y se tragó al tiburón.

—¡Socorro! —gritó el tiburón—. ¡Un pez gigante me ha tragado!

—¡Ja, ja, ja! —se rió el atún en la barriga del tiburón.

—¡Os está bien empleado! —dijo el emperador en la barriga del atún.

—¡Ahora os aguantáis! —dijo el salmonete en la barriga del emperador.

—¡Estoy a punto de creer que ésta es una situación peligrosa! —dijo Knips, el cangrejo, en la barriga del salmonete, y le dio un pellizco corto pero potente al salmonete, como había aprendido.

El salmonete dio un respingo y abrió su boca...

el emperador dio un respingo y abrió su boca...

el atún dio un respingo y abrió su boca...

el tiburón dio un respingo y abrió de golpe su boca...

y el pez gigante dio un respingo y abrió su boca.

Al abrir la boca el pez gigante, salió despedido el tiburón, del tiburón salió despedido el atún, del atún el emperador, del emperador el salmonete, y del salmonete, Knips, el cangrejo.

Hubo un remolino de agua tan brusco, que tembló el fondo del mar, y el pez gigante, el tiburón, el atún, el emperador y el salmonete, nadaron en distintas direcciones tan rápido como pudieron.

Knips se dejó caer suavemente hasta el fondo del mar y volvió paseando al bosque de algas. «Sí», pensó satisfecho, «ha funcionado».

Cuando llegó al bosque de algas, se encontró a Esmeralda, la medusa.

—¡Pero si todavía andas por aquí, pequeño cangrejo! —gritó enfadada—. ¡Vamos, ya estás volviendo rápidamente a tu casa! ¿Es que no has sentido el horrible maremoto? ¡Ay, Dios, es tan difícil la vida aquí en el mar, tan peligrosa! ¡Yo ya me muero sólo del miedo que tengo!

«¡Pellizca!», pensó Knips, el cangrejo. «¡Siempre que estés en peligro, simplemente pellizca!», y desapareció en el bosque de algas.

Rolli y el caminante nocturno

La casa de Rolli estaba en el último rincón de una granja, a la sombra de una vieja zarza. Rolli era un conejo, y su casa, una pequeña conejera de madera.

No guardaba muchas cosas en su memoria, pero todo lo que Rolli podía recordar era bueno. Los hombres le proporcionaban diariamente buen alimento, agua fresca y paja. No se podía ni imaginar que esa vida iba a terminarse con el tiempo. No tenía ningún problema, ni deseaba nada distinto de lo que tenía. No pensaba ni en el pasado ni en el futuro. Se sentía absolutamente satisfecho.

Una apacible noche de verano, un zorro visitó la granja. Tenía ganas de comerse un

pato grasiento, o un ganso. El zorro encontró un agujero en la valla y se metió en el patio. Aguzó el oído y se puso a olfatear. Los hombres dormían, todo estaba tranquilo. No olía a perro. ¡Pero sí a patos y gallinas! Recorrió el lugar, ligero y silencioso. El olor le llevaba hasta los corrales.

Ahora tenía que comprobar si los corrales estaban abiertos o cerrados. Casi siempre estaban cerrados. Algunas veces el zorro podía abrir los cerrojos con las patas, pero otras era imposible. Lo sabía por experiencia. De todas formas, el asalto a los patos era lo que le hacía más feliz, y no era por falta de riesgo.

El mayor peligro para un zorro es estar cerca del hombre. Pero por un bocado tan apetitoso merece la pena arriesgarse...

«¡Ajá, en este cobertizo duermen las gallinas!» El zorro podía olerlas con claridad. Pero el pequeño hueco al final de la escalera del gallinero, estaba cerrado con una portezuela corrediza. ¡Eso era desesperante! «¿Dónde

dormirán esos fabulosos patos que huelen tan fuerte? ¡Ah, aquí, detrás de esta puerta!» La puerta tenía un seguro, que era un pestillo de madera. Un pestillo como aquél ya lo había abierto una vez el zorro. Sólo que estaba colocado un poco más alto. Tendría que saltar para alcanzarlo. Imposible conseguirlo sin hacer ruido. ¿Debería intentarlo? El zorro olfateó por la rendija de la puerta. «¡Este olor es divino! ¡Detrás de esta puerta hay quince patos como mínimo!» Además de oler, podía oír los suaves *quaks* del sueño. ¡Aj, para qué pensar tanto! El zorro calculó rápidamente a qué distancia estaba el cerrojo del suelo y saltó. Llegó a tocar el pestillo con las patas delanteras, pero resbaló y cayó en una caja de fruta que estaba al lado de la puerta. La madera de la caja era tan delgada, que se rompió crujiendo bajo su peso. En el corral se levantó un pato y despertó a los otros dando *quaks* como gritos. El zorro sacó las patas de la caja rota. ¡Y lo más rápido que pudo! Saltó otra vez hasta el cerrojo. Esta vez lo agarró bien, pero aun así no pudo abrir la puerta. El cerrojo estaba más seguro de lo que había pensado. Un intento más. El zorro saltó y se quedó colgando del pasador. Intentó apoyarse con las patas traseras en la puerta, pero sus garras no encontraron nada donde sujetarse. Daba arañazos y empujaba, pero el cerrojo estaba muy bien colocado.

El zorro abandonó el pasador y se dejó caer en el suelo. Mientras tanto, se habían levantado algunos patos. Graznaban y repetían *quaks* como si les fuera a reventar la garganta. Las gallinas de al lado se despertaron con el ruido, y estalló un griterío, y, por si fuera poco, al mismo tiempo empezó a ladrar un perro de la granja vecina. El zorro miró a la casa porque estaba seguro de que en alguna ventana se encendería una luz. Sabía qué significaba eso. ¡Demasiado tarde, es el momento para huir! ¡Maldito cerrojo! Pero, claro, no se puede tener suerte siempre.

El zorro volvió a la valla casi sin tocar el suelo con las patas. Antes de llegar al agujero, se paró y miró hacia atrás. «¿Aún no hay luz en la casa de los hombres? ¿Puede ser que no hayan oído nada esta vez?» Era muy extraño. El perro dejó de ladrar. Los patos y las gallinas parecía que empezaban a calmarse. Aun así, no era aconsejable volver otra vez. Entonces fue cuando la mirada del zorro se clavó en la conejera que estaba detrás, en una esquina de la granja. «Ya que estoy aquí, puedo acercarme a echar un vistazo», pensó. «Puede que haya conejos dentro. Pero ya he comprobado que en esta granja vive gente muy desconfiada, y no me puedo hacer ilusiones porque estoy seguro de que incluso los ratones están cerrados con llave.»

Y la verdad es que la conejera de Rolli estaba cerrada con un seguro. La puerta era de madera, y encima tenía una ventana con alambre.

El zorro se levantó sobre las patas traseras y olfateó. «¡Un conejo! ¡Aquí vive un conejo muy bien alimentado!» Estaba fuera de sí. Un increíble bocado de la mejor clase delante de sus narices y no podía entrar. Probó a raspar el alambre con las garras. Imposible. Estaba muy fijo. El sonido del roce despertó a Rolli. Se arrastró hasta el ventanuco y miró fuera.

—¿Quién eres? —preguntó.

—¿No me conoces? —contestó el zorro.

—No —dijo Rolli—. Que yo recuerde, no nos hemos visto nunca.

El zorro rió feliz.

—Por lo general, los conejos están muy bien informados acerca de mí —dijo.

Mientras decía eso, miraba a Rolli muy de cerca, y con su mirada de experto pudo comprobar que el conejo era realmente un ejemplar magnífico. Al zorro se le hizo la boca agua.

—¿Por qué saben tanto los conejos sobre ti? ¿Quién eres, entonces? —preguntó Rolli lleno de curiosidad.

«El jovenzuelo es un auténtico inocentón»,

pensó el zorro. «No puedo creerlo. Si no estuviera este estúpido alambre...»

—Bueno, soy un solitario caminante nocturno —dijo el zorro—. Siempre buscando, siempre hambriento. Un amigo de los gansos, los patos, las gallinas y los conejos. Voy de corral en corral buscando a mis amigos, los pobres animales que están encerrados de noche, detrás de un cerrojo, como si hubieran hecho algo malo.

—A mí me encanta vivir aquí —aseguró

Rolli—. Me tratan como a un rey. Fíjate, hoy incluso me han dado una zanahoria. Si no estuviera el alambre, dejaría de buena gana que le dieras un mordisco.

—Muchísimas gracias —dijo el zorro—. Pero no me gustan las zanahorias. La verdad es que sí, realmente es una pena que no puedas salir. Conozco sitios cerca de aquí donde crecen tantas zanahorias, que podrían alimentar a mil conejos hasta hartarse.

—¿A tantos? —se asombró Rolli.

—Sí —dijo el zorro—. ¡Y no sólo crecen zanahorias allí! También hay nabos. Jugosos nabos y tréboles muy tiernos, y campos enteros llenos de dientes de león. Todo lo que puede desear un conejo crece allí en cantidades nunca vistas.

—¡Me gustaría verlo alguna vez! —dijo Rolli—. Desde luego, aquí tengo todo lo que necesito, pero si es verdad lo que dices, ése debe de ser el lugar más maravilloso del mundo. Dime: ¿también crecen coles allí?

—¡Sí, claro! —dijo el zorro—. Nunca habrás visto unas coles como ésas. ¡Son grandes como rocas! Una col así, no cabe en esta conejera. Es indescriptible. ¡No podrías olvidar ese sabor en toda tu vida!

Rolli miró el cielo nocturno con ojos soñadores a través del alambre. La col era su plato preferido.

—Amigo mío, me da mucha pena verte prisionero —dijo el zorro—. Si la puerta estuviera abierta, te llevaría al lugar de las coles gigantes. No está lejos de aquí, y además, se encuentra en el camino hacia mi casa. Por casualidad, ¿no podrías abrir tú la puerta desde dentro? ¿Mordisqueando, a lo mejor? Tienes unos magníficos dientes roedores.

—Coles gigantescas... —murmuró Rolli—. Grandes como rocas.

Observó la puerta con atención.

—No —dijo después—. La puerta es demasiado fuerte. Y con el alambre me puedo hacer daño. Pero en la parte de atrás hay un trozo de madera podrida. No sería demasiado difícil agujerearla a mordiscos.

Al oír esto, los ojos del zorro comenzaron a brillar.

—¿A qué esperas, entonces? —dijo—. Roe, amigo, roe.

—Me temo que es imposible hacerlo tan rápido —dijo Rolli—. Pero si vuelves mañana por la noche, seguro que habré terminado el agujero.

—Bien —dijo el zorro—. ¡Muy bien!

En ese momento el perro empezó a ladrar otra vez. El zorro miró a la casa preocupado. Había luz en una ventana.

—Ahora tengo que irme, amigo conejo —le susurró a Rolli—. ¿Ves ese agujero en la valla? Lo mejor será que mañana por la noche me esperes al otro lado. Yo vendré a recogerte.

—¡No te olvides, eh! —dijo Rolli.

—¡Desde luego que no! —prometió el zorro.

Y se deslizó ligero hacia la valla desapareciendo en la noche.

El perro dejó de ladrar de nuevo. La luz se apagó. Y Rolli comenzó a roer la madera podrida del fondo de su casa. Mientras lo hacía, sólo pensaba en coles tan grandes como rocas, y apenas podía esperar al día siguiente para encontrarse con su nuevo amigo.

Rolli estuvo mordisqueando la madera hasta el amanecer. Cuando salió el sol, el agujero ya era lo suficientemente grande como para que pudiera pasar su cabeza. Pero entonces el conejo cayó rendido por el sueño. Cubrió de paja el agujero, se acurrucó en una esquina, y se quedó dormido al instante.

Rolli se despertó a la hora de comer, recuperó fuerzas con un montón de trébol fresco que le había llevado el granjero mientras dormía y siguió mordisqueando. Mordisqueó durante toda la tarde, y al atardecer el agujero estaba listo. Rolli volvió a taparlo con paja y esperó cada vez más ansioso a que se hiciera de noche.

El granjero volvió a llevarle comida y después cerró con cuidado la conejera.

Cuando el sol ya había desaparecido y toda la granja estaba en silencio, Rolli se deslizó por el agujero de la pared. Cayó rodando al césped y corrió hacia la valla. Salió al campo libre y se acurrucó junto a una mata de ortigas. Delante de él había un camino, y a la izquierda, en un poste del alumbrado, brillaba la última luz del pueblo. Hacia la derecha el camino continuaba atravesando el campo. Todavía podían verse algunos graneros por allí, negras sombras sin forma en la oscuridad creciente. Rolli esperaba.

Pasaba el tiempo, corrían las horas. Ya debía de estar a punto de llegar la medianoche, y el amigo de pelo rojizo todavía no había aparecido. El conejo daba alguna que otra cabezada, pero en seguida se espabilaba y miraba el camino de arriba abajo. «Coles como rocas de grandes...», murmuraba Rolli.

El zorro andaba también aquella noche de cacería furtiva por el pueblo. Quería saber si aquel conejo tan tonto había logrado liberarse a mordiscos. De camino hacia allí, pasó por la parte trasera de una granja que hasta entonces no había visitado nunca. La puerta de la valla que rodeaba la huerta estaba abierta. Bastante oxidada, apenas se sostenía por una bisagra. Incluso el jardín parecía abandonado. Mientras le echaba un

vistazo, el zorro vio cómo una mujer, en un patio situado detrás, metía un grupo de gansos en el corral. Y observó perfectamente que la mujer no pasaba el cerrojo a la puerta del corral. ¡Qué gente tan descuidada! Todo estaba descuidado en aquella granja. Parecía que se le presentaba un trabajo con posibilidades de éxito. A partir de ese momento, el zorro se olvidó de Rolli. Vigiló a la mujer hasta que desapareció en la casa. Esperó después todavía un poco hasta que se hizo totalmente de noche, y después se deslizó por aquel jardín sin plantas hasta el establo de los gansos. ¡Fantástico! La puerta del cobertizo estaba simplemente arrimada. El zorro se relamió y tiró de la puerta silenciosamente...

Rolli se acurrucó junto a la mata de ortigas y se adormiló. Soñó con coles y su boca se movía como si estuviera masticando una hoja. Haciendo lo que soñaba, se puso una ramita de ortigas entre los labios y le dio un mordisco. El amargo jugo de la planta le despertó al instante. En un primer momento, no supo dónde estaba, pero después se acordó de todo otra vez, abandonó las ortigas y miró a lo largo del camino. Justo entonces, entre las sombras nocturnas de las casas apareció el zorro corriendo. Tenía mucha prisa y salía del pueblo a toda velocidad.

—¡Hola! —gritó Rolli—. ¡Espérame!

El zorro dio un respingo y se paró. ¡El conejo! ¡El conejo loco! ¡Era verdad, pudo liberarse a mordiscos! «Me había olvidado de él por completo. ¿Qué hago con él ahora? Estoy tan lleno que no podría tragar ni siquiera un escarabajo. Es demasiado tonto.»

Rolli alcanzó al zorro de un salto.

—¡Buenas noches, amigo! —dijo—. Estoy listo. ¿Dónde has estado todo este tiempo? Casi me quedo dormido —entonces descubrió una mancha roja en el pecho del zorro—. ¡Ay, estás sangrando! —gritó el conejo—. ¿Pero qué ha pasado?

—He sido atacado por un perro —mintió el zorro—. Pero no hagas ninguna tragedia de esto, no es grave y no duele nada. Simplemente un rasguño, nada más.

—Menos mal —dijo Rolli—. ¿Vamos ahora al campo de coles?

—Sí —contestó el zorro—, vamos.

Corrían los dos hacia el pueblo, uno al lado del otro.

«Este conejo es tan tonto que me rompe todos los esquemas», pensó el zorro. «Lo llevaré conmigo hasta mi guarida, y ya tengo menú para el desayuno de mañana...»

Estaban llegando justo al último granero al final del pueblo, cuando, de repente, un perro con aspecto feroz se paró delante de ellos. Era un perro muy grande. Lanzó un

amenazador gruñido y se les acercó lentamente. Rolli temblaba de miedo. El zorro se
escondió detrás de Rolli y después se metió
de un salto en el campo más próximo. El
perro quiso perseguirlo, pero tropezó con el
conejo y se cayó. Cuando pudo reaccionar,
conejo y zorro parecían haber sido tragados
por la tierra. El perro dio un sonoro ladrido
lleno de rabia y finalmente se retiró.

Mientras tanto, el zorro ya estaba llegando a su guarida. «Menos mal que pude
escapar», pensó. «Con los gansos en el estó-
mago no hubiera aguantado una persecu-
ción...» Se deslizó hasta su dormitorio, un
hueco más profundo bajo tierra, y se tumbó,
cansado y atiborrado, en un lecho de paja.

«Después de todo, una noche de éxito»,
pensó. «Seguro que el perro se ha comido al
conejo. Qué se le va a hacer. Toda la rela-
ción con ese conejo tenía sin duda algo de
penoso...» El zorro cerró los ojos y se quedó
dormido en seguida.

Rolli, tras el tropiezo con el perro, se había
escondido en un campo de maíz. Hasta entonces no supo que podía correr a tanta velocidad. El bosque ordenado de cereales crujía
como una tormenta cuando Rolli rozaba las

plantas con las orejas dobladas hacia atrás. Corría y corría. En medio del inmenso campo se quedó sin respiración, y se paró angustiado, atento a ver si oía algo. Tenía el susto metido en el cuerpo hasta tal punto, que necesitó casi una hora para empezar a pensar con claridad, al menos un poquito. «Confío en que mi amigo pueda salir de ésta», pensó Rolli. «¡Nunca me hubiera imaginado que los perros fueran unos animales tan horribles! Tengo que volver. Seguro que mi amigo me está esperando al borde del camino.»

Pero Rolli se perdió en el enorme campo de maíz. Corrió en círculos, en cuadrados y haciendo cruces, y tardó una hora en encontrar una salida. Pero el lugar por donde salió era muy diferente a aquel por el que había entrado. Allí no había ningún granero, ningún camino en el campo, y las casas del pueblo también habían desaparecido. ¿Y dónde estaba el amigo del pelo rojo, el caminante nocturno? Rolli le llamó un par de veces, pero no recibió respuesta.

El conejo empezó a tener demasiado miedo. Cada vez se arrepentía más de haber abandonado su casita.

Se acurrucó en el borde de un pequeño prado. Detrás había una pequeña colina en la que crecían algunos árboles y arbustos. «Quizá pueda ver desde la colina las luces del pueblo», pensó. También estaba cansado, muy cansado. Porque Rolli se había pasado la vida sentado en su conejera, y no estaba acostumbrado a correr. Subió a la colina con las últimas fuerzas que le quedaban y miró alrededor. Pero los arbustos le tapaban la vista, y donde había un claro sólo divisaba la noche y siluetas sin forma de unos árboles en la oscuridad.

«¿Qué puedo hacer ahora?», pensó Rolli. Se sentía totalmente perdido. Cuando bajó la colina, descubrió de repente unos agujeros en la tierra. Los agujeros eran como una invitación, y el conejo decidió pasar la noche en uno de ellos. Se metió un poco bajo la tierra y se acurrucó con la cabeza cerca de la salida.

Justo cuando Rolli se estaba quedando dormido, oyó un ruido detrás y una voz que decía:

—¿Eres un conejo? ¿Un conejo casero?

—Sí —dijo Rolli y se volvió.

El que le había hablado era un conejo de campo. ¡Rolli se encontraba en una madriguera de conejos de campo!

—¡Baja a la vivienda con los demás y cuéntanos cómo has llegado hasta aquí! —le invitó el conejo de campo.

Rolli se sentía feliz. Allí creía estar seguro. El conejo lo llevó a una grande y cálida habitación en la tierra donde, sentados sobre paja, había otros cuatro conejos que lo miraron con unos ojos enormes llenos de curiosidad.

—¿Te has escapado? —le volvió a preguntar el conejo de campo. Era claramente el cabeza de familia.

—Sí y no —dijo Rolli—. En realidad, estoy buscando a mi amigo de pelo rojizo que me quería enseñar un enorme campo de coles. Pero entonces nos encontramos con el perro, y yo me perdí en el campo de maíz...

—Despacio, despacio —dijo el conejo—.

Cuéntalo todo desde el principio. Tienes todo el tiempo del mundo. Aquí estás a salvo. ¿Te gustaría comer algo? ¿O estás herido?

—No, estoy bien —contestó Rolli—. Pero sí que comería algo. ¿Tenéis hojas de col?

Otro conejo le llevó a Rolli una hoja de col grande.

—¡Ah, qué maravilla! —exclamó Rolli, y le dio un mordisco—. ¿Es de ese campo donde las coles son tan grandes como rocas?

—Coles tan grandes no existen —dijo el conejo—. Aquí hay un campo de coles, pero es absolutamente normal. ¿Quién te ha hablado de eso? Cuenta, nos tienes en ascuas.

Y Rolli empezó a contar lo que le había pasado desde la noche anterior. Cuando acabó su relato, el conejo de campo movió la cabeza pensativo.

—Caminante nocturno, amigo de gansos y conejos, pelo rojo... ¡Mi querido amigo, creo que en esta aventura has tenido más suerte que inteligencia! Me parece que sólo conozco un animal que concuerda con esa descripción. Dime una cosa aún: ¿tenía este «amigo», por casualidad, una cola con mucho pelo?

—Sí —afirmó Rolli—. ¿Por qué?

—¿Y tenía un hocico largo y picudo?

—Sí.

—¿Hablaba con voz suave, insinuante y seductora?

—Claro, él era muy dispuesto y amistoso —dijo Rolli.

—Entonces no hay duda, era un zorro —dijo el conejo.

—¿Se llama zorro? —dijo alegre Rolli—. ¡Sí, era un tipo adorable, el zorro! ¡A lo mejor me lo encuentro mañana otra vez! Así podría llevarme al campo de coles gigantes. ¡Seguro que estaría encantado!

—¡Por Dios santo! —gritó el conejo—. ¡Cualquier cosa menos eso! ¡No sabes lo que estás diciendo! ¡No tienes ni idea! ¡El zorro es el enemigo más grande de los conejos! Nos zamparía en un segundo. Un tipo de lo más espantoso. Sin la menor duda, también te habría comido a ti. Por qué no lo hizo es para mí un enorme misterio.

—¡No, no puedo creerlo! —dijo Rolli un poco confuso—. ¡Pero si era absolutamente amistoso y simpático! ¡Puede que otros zorros sean así, pero mi zorro era un amigo!

—Tienes mucho que aprender todavía —contestó el conejo—. Entiendo que un conejo de granja, que nunca ha salido de su conejera, pueda no saberlo. Pero, créeme, el zorro es un bribón de la peor calaña, y nosotros no somos para él nada más que su comida favorita. Es tan amigo nuestro como nosotros lo somos de las coles o las zanahorias. ¿Qué vas a hacer?

—No lo sé —dijo Rolli, que se había quedado pensativo porque parecía que el conejo decía la verdad—. Por ahora, me gustaría dormir a gusto. Casi no puedo mantener los ojos abiertos.

Los conejos de campo prepararon para Rolli un suave lecho. Después, todos se pusieron cómodos y se quedaron dormidos en seguida.

Cuando Rolli se despertó, ya hacía tiempo que había amanecido. Los conejos habían desayunado en el campo de tréboles cercano y habían traído tréboles frescos para el conejo de granja. Rolli comió rápidamente y se arrastró después por el largo túnel hasta la superficie. Desde luego había dormido a gusto, aunque estar a tanta profundidad bajo tierra le resultaba un poco desagradable. Echaba de menos su conejera al aire libre y se arrepentía completamente de haberla abandonado. Pero los conejos de campo eran realmente encantadores, y Rolli se encontraba cada vez mejor en su compañía.

A lo largo del día le enseñaron sus lugares de comida. Empezaron por una visita a un simple campo de nabos, y al final Rolli pudo ir al campo de coles. Se dio un banquete, aunque las coles no era grandes como rocas.

—Unas coles tan grandes seguro que sabrían a leña —opinó un conejo, y todos rieron.

Pero después, cuando oscureció, Rolli volvió a sentir una gran nostalgia de su conejera. Daba saltitos en la cumbre de la colina y miraba hasta el final del campo. ¿Debería quedarse con los conejos de campo? ¿O volver a su confortable casita de madera? Rolli pensaba esto o aquello, y finalmente notó que la nostalgia de su casa era más fuerte. Les contó a los conejos su decisión. Quería ponerse en marcha inmediatamente.

Los conejos lo entendieron, aunque saltaba a la vista que les daba mucha pena que Rolli los dejara. Le describieron el camino más corto y seguro hasta el pueblo, y le desearon una larga vida y que todo le fuera bien.

Rolli bajó corriendo al campo de maíz, como si estuviera en una pesadilla. Anochecía. Al caer la noche, el paisaje perdía los contornos y los colores.

Rolli fue bordeando el campo de maíz.

Iba agachado dando saltitos por el surco que lo rodeaba, como le habían aconsejado los conejos de campo.

Al poco tiempo, por encima del campo cosechado apareció la fachada de un granero. «Ése debe de ser el granero que había donde nos encontramos con el perro», pensó Rolli. «¡Ya no estoy lejos de casa!»

Cuando Rolli llegó al final del campo de maíz, de repente se encontró cara a cara con el zorro. Estaba allí, en la parte trasera del viejo granero, medio escondido entre las ramas de un saúco. El zorro se quedó tan alucinado con la presencia de Rolli como el conejo al verlo a él. El zorro sonrió.

—El mundo es un pañuelo. La gente vuelve a encontrarse con el tiempo —dijo.

Rolli se quedó sentado donde estaba. De repente, tuvo mucho miedo del «caminante nocturno y amigo de conejos y gansos».

—¿También te llaman zorro? —preguntó Rolli.

El zorro sonrió con ironía cansada y negó con la cabeza.

—¿Y los patos, los gansos y los conejos son tus amigos porque tú los...?

El zorro negó otra vez con la cabeza.

—Entonces ahora sí que estoy perdido —dijo Rolli y miró al suelo.

—¿Dónde has estado desde la noche pasada? —preguntó el zorro.

—Con los conejos de campo —dijo Rolli.

—¿Y adónde vas?

—Vuelvo a mi conejera —contestó Rolli—. Quiero decir, ésa era mi intención.

—Y puedes ir —dijo el zorro—. No necesitas temer nada con respecto a mí. Estoy acabado... ¿A qué esperas ahora?

Rolli miró al zorro sin entender nada.

—¡Mira! —dijo el zorro, y movió las hojas del saúco de un lado a otro.

Su pata izquierda colgaba de un alambre. El final del alambre estaba atado a una rama del saúco. El nudo se había enterrado profundamente en la pata del zorro. Debía de tener un dolor fuerte.

Rolli se acercó lentamente y observó el alambre. Pensó un poco y después empezó a mordisquear la rama del saúco.

—¿Qué haces? —gritó el zorro muy enfadado—. ¡Vete de aquí, conejo idiota!

Entonces se le escapó un gemido de dolor.

Rolli siguió sin vacilar. Mordisqueó la madera, que saltaba en astillas. Al cabo de media hora lo había conseguido. La rama se partió y el alambre cayó al suelo. Rápidamente, el zorro se liberó del alambre y se lamió la pata herida. Entonces miró a Rolli, que, a la luz de la luna, seguía acurrucado delante de él.

—¿Cómo puedes confiar en mí, conejo?

—dijo el zorro—. Después de todo, ¿qué sabes de mí? ¿Todavía no has entendido nada? ¿Aún no has espabilado?

Rolli no dijo nada.

—A la gente como yo, si está atada, no se la libera —dijo el zorro furioso—. A tipos así se les ata. ¡Aaah, sal de mi vista, atontado!

Rolli tomó vacilante el camino del pueblo.

—¡Espera! —dijo el zorro—. ¿En serio quieres volver a tu ridícula conejera otra vez? ¿Eso quieres?

—Sí —dijo Rolli en voz baja.

—¿Para terminar en una olla de cocina? —dijo el zorro—. ¡No lo ves! ¿Por qué crees que los hombres te alimentan tan bien? ¿Por tus preciosos ojos? ¿Ya te has dado cuenta? ¡Aquí vivirás más! Vuelve con los conejos de campo. ¡Ve rápido, antes de que cambie de opinión!

Rolli se metió asustado en el surco otra vez y recorrió el campo de maíz en el sentido contrario. No disminuyó su velocidad hasta que divisó la colina donde vivían los conejos.

El zorro todavía estuvo lamiéndose la

pata un buen rato. Después comprobó si podía andar. Sí, funcionaba. La pata no estaba rota, así que volvió a su cueva cojeando.

«Me iré de aquí», pensó. «Una región donde los conejos le salvan la vida a los zorros vuelve loco al más equilibrado.»

¿Quién es el más lento?

Una enorme tortuga milenaria se arrastraba un día por las dunas de una playa. Se arrastraba con una lentitud infinita: apenas podía notarse que se movía. Tres arrogantes gaviotas se dedicaban a chinchar a la vieja tortuga. La rodeaban y se tiraban en picado justo hasta su cabeza. Allí mismo se reían de la lentitud de la tortuga.

—¡Dejadme en paz! —gritó la vieja tortuga—. ¿Es que no tenéis ningún respeto por los mayores? Mi lentitud es la expresión de mi sabiduría. Cuanto más lento es alguien, más sabio es. Y cuanto más veloz es alguien, más tonto es. Así que ahora ya sabéis qué sois.

Pero las gaviotas se reían todavía más, hasta que al final se fueron volando. Un caracol había oído el discurso de la tortuga.

—¿Cuanto más lento es alguien más sabio es? —le dijo a la tortuga—. ¡Qué interesante! Hasta hoy no he descubierto que soy el animal más sabio de la tierra.

—¿Qué tontería estás diciendo? —replicó la tortuga—. ¿Intentas decir que tú eres todavía más lento que yo?

—Exactamente —dijo el caracol—. Si quieres, podemos comprobarlo en una carrera. El más lento será el vencedor.

—Muy bien —dijo la tortuga—. Te lo demostraré. ¿Ves esa piedra grande de ahí? Cuando diga ¡ya! empezamos a arrastrarnos. El último que alcance la piedra, habrá ganado.

—De acuerdo —dijo el caracol.

—¡Preparados! ¡Listos! ¡Ya! —gritó la tortuga.

Y comenzó la carrera.

La piedra estaba sólo a un metro de distancia de ellos. Pasaban las horas. La tortuga y el caracol se arrastraban lo más lentamente posible. Era agotador. Un descuido, un simple movimiento más rápido, podía costar el triunfo. Era imposible que alguien

imparcial pudiera notar el más mínimo movimiento de la tortuga o del caracol. Y, claro, al cabo de dos horas sólo habían hecho la mitad del recorrido. Al principio, parecía que perdería el caracol. Iba siempre unas centésimas de milímetro por delante. Pero en la segunda mitad, el caracol volvió a ganar terreno. Es decir, claramente se mantenía a dos milímetros y medio por detrás.

Cuando la tortuga se dio cuenta, se esforzó el doble. Reprimía tanto su fuerza, que las piernas empezaron a temblarle. También el caracol se había puesto pálido de tanto esfuerzo.

No alcanzaron la piedra hasta la puesta de sol. ¿Quién había ganado? ¿La tortuga o el caracol? Ni ellos mismos lo sabían. Estaban tan agotados por la lucha en la carrera, que se les habían cerrado los ojos. Pero cuando empezaron a recuperarse comprobaron que los dos habían llegado hasta la piedra.

—¿Sabes? —dijo jadeando el caracol a la tortuga—. Creo que hemos empatado.

—Sí —dijo la tortuga respirando con dificultad—, a simple vista, eso parece. Pero pude asegurarme, antes de desmayarme, de que tú habías alcanzado la piedra antes que yo. ¡Lo siento, pero creo que he ganado!

—¡Eso es! —gritó el caracol—. ¡Nunca me había ocurrido algo tan bochornoso! No quería decírtelo porque sentía lástima de un vejestorio como tú, pero ahora tengo que soltarlo: ¡tú has llegado antes! Sólo que me llevabas tanta ventaja que no has podido darte cuenta. ¡Pero yo lo he visto claramente! ¡Soy el vencedor!

—No —dijo entonces una voz chillona muy cerca del caracol—. ¡He ganado yo!

Era una lombriz que salía de la arena.

—Yo he participado en la carrera por debajo de la tierra. Soy la más lenta y la más sabia. Estáis alucinados, ¿eh?

—¿La más lenta con respecto a quién? —gritó entonces una suave voz justo detrás de la lombriz—. ¡He ganado yo!

Un minúsculo escarabajo se removía con dificultad entre ellos, y se levantó orgulloso sobre sus patas traseras.

—Yo también he participado en la carrera. Como veis, acabo de llegar. Traedme la corona de laureles, o la medalla de oro, o lo que tengáis.

—No —dijo la tortuga moviendo la cabeza—. Todo esto no me gusta nada. Se ha convertido en algo ridículo.

Y se fue de allí tan rápido como pudo.

El caracol se retiró a su casa sin decir una palabra, y la lombriz desapareció, humillada, en la arena.

—¡Trampa! ¡Qué engaño! —gritó el minúsculo escarabajo.

Y también se retiró.

Cuando el sol se ocultaba, llegó un pequeñísimo piojo de arena a la piedra. También él había participado en la carrera. El piojo gritó con su debilísima voz:

—¡Aquí está el vencedor! ¡Aquí está el vencedor! ¡Yo soy el más lento! ¡Yo! ¡Yo!

Pero, claro, su voz era tan fina y él tan pequeño, que, aunque alguien hubiera estado cerca, no lo habría visto ni oído. Sólo la piedra oyó al piojo. «¡Qué triste! Es tristísimo», pensó. «Nadie se enterará nunca de que yo también he participado en la carrera...»

La historia del ratoncito hechizado por el fuego

Una familia muy numerosa de veintitrés ratones vivía cerca de un estadio de fútbol. ¡Allí estaban como reyes! Cada domingo, el estadio se llenaba de personas que iban a ver el partido. Y mientras atendían al juego, mordisqueaban palomitas, y patatas fritas, y dulces.

Al terminarse el partido, una vez que la gente se iba a su casa, llegaban los ratones al estadio y recogían los restos de palomitas y dulces. Se alimentaban de eso y vivían mejor que bien. De tanto dulce, los ratones se habían puesto como bolitas. Ya no podían correr tan rápido como antes. Menos mal que casi no había gatos porque el estadio estaba un poco lejos de la ciudad.

Los ratones estaban encantados con esa vida tan comodona.

Un día, uno de los pequeños llevó una caja de cerillas hasta la ratonera, que era una madriguera debajo de la tierra. Había encontrado la caja en el estadio, y se la guardó porque tenía muchos colores y sonaba misteriosamente.

—¿Qué tienes ahí? —gritaron los hermanos del ratoncito—. ¿Una caja de caramelos? ¡Danos uno!

¡Y un segundo después todos se habían tirado sobre la caja! La abrieron y sacaron las cerillas.

—¡Palitos de caramelo! —gritó un ratón. Y le dio un bocado a la cabeza roja de una cerilla.

—¡Son mis caramelos! —gritó el ratoncito—. ¡Los he encontrado yo! ¡Devolvédmelos!

Otro ratón sujetaba una cerilla con las patas y había empezado a roerla. Y tiró de ella y la cabeza de la cerilla rozó el raspador de la caja, y con un fuerte silbido apareció una llama en la madriguera.

Los ratones lanzaron chillidos histéricos y corrieron hacia la salida de la ratonera. Si en

aquel momento no hubiera llegado papá ratón, el fuego habría prendido en la paja y se
habría quemado todo. Papá ratón reaccionó
rápidamente. Sacó tierra raspando la pared,
y con ella sofocó las llamas. Todo volvió a la
normalidad. Los ratoncitos, muertos de
miedo, echaron un vistazo a la madriguera.

—¿Quién ha sido? —gritó papá ratón—.
¿Quién ha traído esta caja de hacer fuego
hasta aquí?

—Yo —confesó el ratoncito—. Creí que
era una caja de caramelos.

Entonces, papá ratón les riñó, pero también les dio una charla para que comprendieran lo peligrosas que eran las cajitas de hacer fuego y los palitos que se encendían. Y prohibió terminantemente a los ratones coger ese tipo de cajitas, y mucho menos llevarlas a la madriguera.

—Ya habéis visto lo que puede ocurrir —dijo al final de la charla—. Si yo no hubiera llegado, ahora mismo seríamos gente sin techo, pobres y desprotegidos, y estaríamos ahí fuera huyendo de los animales salvajes. Nunca más recogeréis cajas de cerillas. ¿Me oís? Sólo traen desgracias. Son casi tan peligrosas como los gatos. ¿Me habéis entendido todos?

—¡Sí, papá! —gritaron los hijos ratones.

—Bien —dijo papá ratón, y sacó fuera la caja de cerillas y la enterró debajo de una piedra grande.

Pero uno de los ratones no había dicho ¡sí, papá!, el que había encontrado la caja de cerillas. Algo raro había sentido al inflamarse la llama. Al principio se había asustado como los otros ratones, pero después aquella llama brillante que daba tanta luz le había parecido maravillosa. ¡Lo más bonito que había visto nunca! Se la había quedado mirando como hechizado, y en su interior sentía un inmenso orgullo por haber provocado aquel milagro.

El ratoncito siguió a papá ratón sin ser visto, y se fijó en el sitio donde estaba enterrando la caja de cerillas. Pensó en desenterrarla y practicar con las cerillas. ¡Por fin había encontrado el misterioso tesoro! Le pertenecía a él solo; eso era lo justo. ¡Y además el fuego no le daba ningún miedo!

Por la noche, cuando los veintitrés ratones dormían bajo la tierra, a mucha profundidad, en sus blanditas camas, estalló una tormenta, corta pero muy fuerte, en aquel lugar. A la mañana siguiente, aunque el sol secó rápidamente la humedad de las plantas, el suelo todavía estaba mojado. ¡Y también se mojaron las cerillas enterradas!

El ratoncito, después de desayunar palomitas, fue de puntillas hasta la piedra que escondía la caja de cerillas. Ninguno de los otros ratones había visto a dónde iba. Desenterró a toda prisa la caja y se escondió con ella entre la hierba, que estaba muy crecida. Después, con el corazón palpitándole, sacó una cerilla y la frotó en la caja.

Pero no pasó nada. El ratoncito probó con otras tres cerillas: no aparecía ninguna llama por más que frotaba y raspaba. Las cabecitas rojas de las cerillas se deshacían en la superficie rasposa. No funcionaba ninguna porque se habían mojado la noche anterior. Pero eso no lo sabía el ratón. Se sentó pensativo delante de la caja y empezó a estirarse los bigotes.

¡De repente, papá ratón y mamá ratón llegaron de dar un paseo por la hierba!

El pequeño ratón no tuvo tiempo de esconder la caja de cerillas.

—¿Pero qué haces aquí? —preguntó mamá ratón.

—¡Esas son las cerillas que enterré! —gritó papá ratón—. ¿Así escuchas tú a tu anciano padre? ¿No he prohibido coger las cerillas? ¡El próximo domingo no vendrás con nosotros al estadio! ¡Vamos, corre a casa!

El ratoncito volvió a casa cabizbajo. Papá ratón cogió la caja de cerillas y la tiró a un charco.

Pasaron dos días. Papá ratón ya no estaba enfadado con el ratoncito. Parecía haber olvidado el asunto. Todos comían palomitas y patatas fritas, jugaban en la hierba,

o dormían. Las cosas volvían a ser como habían sido. Pero el pequeño ratón no podía olvidar lo misteriosa que era la caja de cerillas. Parecía un hechizo. Intentó con todas sus fuerzas dejar de pensar en la caja, pero era imposible. Cuanto más lo intentaba, con más fuerza aparecía en su cabeza. Y finalmente llegó el ratoncito a una conclusión:

«Quiero hacer fuego aunque sólo sea una vez más, sólo una», pensó.

Mientras los ratones dormían su siesta en la madriguera, el pequeño ratón salió de allí sin que se notara. Subió al campo de fútbol a buscar cajas de cerillas. ¡Eso era muy arriesgado! Un ratón nunca va solo al campo de fútbol, y menos un ratón pequeño.

Al llegar a la valla del campo, se encontró con un topo que asomaba su hocico por una montañita recién hecha.

—¡Pero bueno! ¡Un ratón a punto de entrar en el estadio absolutamente solo! —dijo el topo—. ¡Vuelve a casa lo más rápido que puedas! Desde hace algún tiempo, andan dos animales salvajes dando vueltas silenciosamente alrededor de la valla. Yo tengo un oído muy fino. Los oigo cada noche

98

como si se pasearan sobre mi madriguera. Andan de una manera muy silenciosa, y eso significa que son tipos malos. ¡Vuelve a casa, ratoncito, y díselo a los otros ratones! El próximo domingo no deberíais venir al estadio. Es demasiado peligroso. ¿Me oyes?

Pero el pequeño ratón no hizo caso al topo. Se metió por la verja de alambre y corrió hasta las gradas donde se sentaba la gente. Ahí quedaban muchas latas de cerveza abiertas, y colillas de cigarrillos, y también una gran cantidad de cerillas quemadas. ¡El ratoncito tuvo suerte! Encontró una caja llena de cerillas y, al lado, un cartón de cerillas de madera del que sólo habían usado la mitad. La caja y el cartón habían estado resguardados por la grada y se habían mantenido secos.

El ratoncito no cabía en sí de tanta alegría. Cogió su tesoro y salió corriendo del estadio. Ahora tenía que hallar un escondite mejor que el de la última vez. ¡Su padre no podía volver a pillarlo! Y el pequeño ratón en seguida se dio cuenta de dónde encontraría un escondite así. Cerca de la madriguera había una colina con una cueva de zorro abandonada. El ratoncito corrió hacia allí con las cerillas.

La cueva del zorro estaba seca y silenciosa. El ratoncito buscó un rincón oscuro próximo a la entrada y abrió la caja de cerillas. ¡Allí estaban los palitos para hacer fuego con aquellas cabecitas de un rojo pre-

cioso! Sacó una y la raspó. ¡Zsss! ¡El fuego saltó hacia arriba! El ratoncito temblaba de entusiasmo. Otra vez. ¡Ftsss! Y una vez más. ¡Zsss! ¡Alucinante! ¡Cómo silba y arde! El ratón encendió diez cerillas de la caja y dos de las del cartón. Y seguro que habría continuado hasta terminarlas si no se hubiera hecho de noche.

«¡Tengo que irme a casa!», pensó, «si no, mis padres saldrán a buscarme. Mañana vuelvo y enciendo más. ¡Hacer fuego no es nada peligroso si se sabe hacerlo! Y yo soy el único ratón que no le tiene miedo a las cerillas. ¡Papá ratón no es más que un viejo asustado!»

Cubrió la caja y el cartón de cerillas con arena seca y se fue corriendo a su casa.

Cuando llegó a la madriguera, la familia estaba terminando de cenar.

—¡Por fin, ya está aquí! —gritó el padre—. ¿Cuántas veces tengo que decir que nada más ponerse el sol debéis estar todos en casa? ¡Ése es justo el momento en que los gatos empiezan a cazar! ¡Cómete tus palomitas y métete inmediatamente en la cama!

—Estábamos a punto de salir a buscarte —dijo mamá ratón—. ¿Se puede saber dónde estabas?

—Dando un paseo —dijo el ratoncito.

—¿Un paseo? —exclamó papá ratón—. ¡Se acabó! Mañana te quedas todo el día en la madriguera.

Al día siguiente era domingo. Los ratones estaban de lo más contentos. El domingo era el día en que tantos hombres iban al estadio y dejaban aquellos dulces.

Por la tarde, los ratones oían el alboroto de la gente que estaba viendo el partido. La familia se había reunido delante de la madriguera. Estaban impacientes mientras esperaban atentos para saber cuándo terminaba el partido. Y al quedarse el estadio en silencio, salieron para allá. Sólo el ratoncito que tanto disfrutaba encendiendo el fuego se había quedado en la madriguera. Estaba muy enfadado con papá ratón, y había llorado de rabia porque no podía ir con ellos, pero no le había servido de nada. Al final se quedó dormido.

Cuando se despertó, los otros ratones todavía no habían regresado. Se deslizó hasta la salida y se puso a escuchar para saber qué ocurría en el estadio. No se oía nada. «¿Y si voy corriendo a jugar con las cerillas antes de que vuelvan los demás?», pensó el pequeño ratón. ¡Y de repente se acordó de lo que le había dicho el topo! ¡Los animales salvajes que se paseaban por la valla! ¡Y él se había olvidado de avisar a su padre! ¡Toda la familia estaba en peligro de muerte!

El ratoncito fue corriendo hasta la valla del estadio. Estaba anocheciendo. El sol ya se encontraba bajo, y los árboles y los arbustos dibujaban en el suelo unas sombras oscuras.

Cuando el ratoncito llegó al agujero de la valla por el que siempre se metía en el estadio, vio a aquellos tipos malos allí agachados. ¡Una comadreja y un turón!

El ratoncito se escondió detrás de una piedra y empezó a pensar con todas sus fuerzas en qué debía hacer. Los otros ratones podían llegar en cualquier momento.

La comadreja y el turón descubrieron el agujero de la valla.

—Sin duda —dijo el turón—, éste es un paso que suelen utilizar los ratones. Y si mi nariz no me engaña, hace muy poco que un montón de ratones sabrosísimos, muy bien alimentados, se han escurrido por aquí.

—Tienes razón —contestó la comadreja—. Hacía ya mucho tiempo que no disfrutaba de un olor a ratón tan rico. Vamos a ponernos al acecho. Cuando se arrastren por el agujero, los cogemos.

En aquel momento se posó en un arbusto un gorrión que pasaba por allí. Desde su rama podía ver a la comadreja y al turón, ¡y también al pequeño ratón! Y el gorrión creyó que el ratón no había visto aún a la comadreja y el turón, y dio un fuerte grito para avisarle.

—¡Corre, pequeño ratón, escápate! ¡La comadreja y el turón están al acecho en la valla! —gritó.

Pero, gracias a ese grito, la comadreja y el turón se enteraron de la presencia del ratoncito. En un abrir y cerrar de ojos, saltaron sobre él y lo agarraron cuando intentaba escapar. Lo sujetaron con las patas. Los dos habían cogido al ratón casi a la vez.

—¡Yo he sido el primero en cogerlo! —dijo la comadreja.

—¡No, es mío! —dijo el turón.

—No os peleéis —dijo entonces el ratoncito, porque ya se le había ocurrido una idea a pesar del miedo que tenía a morir—. Escuchadme, me gustaría proponeros algo. Siempre estáis a tiempo de cazar ratones, ¡pero yo conozco algo que es mucho mejor que un banquete de carne de ratón!

—¿Pero qué vas a saber tú? —se burló la comadreja.

—Pues yo sé dónde hay un tesoro enterrado —dijo el ratón—. ¡Pero sólo os lo enseño si después me dejáis libre!

—¿Un tesoro? —dijo la comadreja, y miró al turón—. ¿Qué opinas tú, turón? ¿Le creemos?

El turón le hizo un guiño a la comadreja, y la comadreja le entendió en seguida. Quería decir que el ratón los llevaría hasta el tesoro y después aún tenían tiempo de comérselo.

—Bueno, pues bien, enséñanos tu tesoro y después serás libre —le dijo la comadreja al ratón.

Y el ratoncito llevó a la comadreja y el turón hasta la cueva del zorro abandonada.

El gorrión lo había visto y oído todo.

—¡Qué espanto! ¡Es espantoso! —se lamentó—. He cometido una tontería horrible. ¡Tenía que haber cerrado el pico! —y siguió a los tres hasta la cueva del zorro.

Cuando el turón y la comadreja vieron la entrada de la cueva del zorro, empezaron a desconfiar.

—¡Ahí dentro está el tesoro! —dijo el ratoncito, y les señaló la madriguera del zorro.

—¡Tú lo que quieres es tendernos una trampa! —dijo el turón—. ¡Si entramos en el agujero, nos comerá el zorro!

—¡Qué va! —dijo el ratoncito—. En esta cueva ya no vive ningún zorro. Pensad un poco. Si hubiera un zorro dentro, también me comería a mí.

—¡No sé, no sé! —dijo la comadreja—. Aquí hay gato encerrado.

—Nosotros esperamos aquí fuera —dijo el turón, que le tenía muchísimo miedo a los zorros—. Entra tú, y sácanos el tesoro.

—Como queráis —contestó el ratón, y desapareció en la cueva del zorro.

Desenterró la caja de cerillas, la abrió y sacó una cerilla. La encendió y la metió rápidamente en la caja. Después la lanzó con todas sus fuerzas fuera de la cueva. Todas las cerillas se iban encendiendo en el aire chispeantes y crepitando, y se hizo una gran llama que deslumbraba.

Cuando la comadreja y el turón vieron una cosa ardiendo por el aire, huyeron de un salto llenos de terror. ¡El fuego les daba más miedo que los zorros! Se alejaron corriendo y juraron no volver a acercarse al estadio. ¡Los balones de fuego voladores no les gustaban ni pizca!

El ratoncito salió tranquilamente de la cueva del zorro. El gorrión, que lo había visto todo desde un árbol, no podía salir de su asombro.

El fuego de las cerillas se fue consumiendo poco a poco. El ratoncito se calentaba los pies riendo a carcajadas.

—¿Pero —le dijo al gorrión— no era un espléndido tesoro, todo reluciente?

Cuando el pequeño ratón volvió a la madriguera, los otros ratones ya habían llegado a casa. El gorrión le había seguido volando y le contó todo a los padres ratones. El ratoncito tuvo el recibimiento de un héroe. Le dieron los dulces más exquisitos que los ratones habían encontrado en el estadio. Desde ese día, ponían mucho cuidado en recoger también cajas de cerillas, y las dejaban preparadas a la entrada de la madriguera. Así podían quitarles de golpe el apetito a los enemigos de los ratones.

El dios de las hormigas

Había una vez un poblado de hormigas negras en un soleado valle. Vivían allí desde hacía muchos años. Era una tierra donde las hormigas encontraban todo lo necesario para vivir. La tierra, en la que habían excavado un sistema de cuevas que se ramificaban y se ramificaban, era seca, y sobre las jugosas plantas crecía año tras año una inmensa cantidad de pulgones. Las obreras de las hormigas negras casi no daban abasto acarreando cubos de ordeñar. En una palabra, todo iba bien.

Este pueblo de hormigas tenía una extraña religión. Creían en un iracundo dios muy poderoso, de nombre Mu. Según la tradición, el dios Mu les había dado sólo un mandato:

—No abandonéis nunca vuestro valle. No atraveséis nunca el páramo. Si no, todo os irá mal. ¡Quedaos aquí para siempre! Si así lo hacéis, estaréis bajo mi protección.

Eso es lo que escucharon los sacerdotes de las hormigas negras y el mandato se fue transmitiendo.

Un año muy caluroso llegó al poder una reina de las hormigas más grande de lo normal. Había puesto en muy poco tiempo miles de huevos, y pronto se duplicó el número de hormigas. La nueva reina era cruel y ambiciosa. Bajo sus órdenes, las hormigas tenían que trabajar como nunca lo habían hecho. Ya no tuvieron ni un día de descanso. La reina quería tener más de todo: más miel, más comida, más larvas, más trabajo. Y no consentía ninguna réplica. Las hormigas se rendían a los deseos de su reina. La palabra de la reina era una orden. Así había sido desde siempre.

Cuando el verano llegó al punto más caluroso, las hormigas negras se habían triplicado. El valle se quedó pequeño. No se podían excavar nuevas galerías, y las plantas no eran suficientes para alimentarlas a todas. Entonces la reina ordenó salir a buscar una nueva tierra al páramo prohibido.

Cuando los sacerdotes de las hormigas oyeron esto, se intranquilizaron muchísimo.

—¡El dios Mu ha prohibido la entrada al páramo! —avisaron—. ¡Esto es una blasfemia!

La reina ordenó encarcelar a todos los sacerdotes en las cuevas más profundas.

—¡No existe ningún dios Mu! —anunció—. ¡Nunca ha existido! Los sacerdotes se lo inventaron. A partir de hoy sólo cuenta mi mandato, y yo ordeno que salgamos en seguida a realizar una marcha por el páramo. ¡Somos invencibles, y os voy a guiar hasta un nuevo país, inmenso y maravilloso!

—¡El dios Mu ha muerto! —anunciaban las hormigas—. ¡Viva nuestra poderosa reina!

Se formó un gran ejército y se construyó una gran litera de reina, y ese mismo día comenzó la marcha de las hormigas negras por el páramo. Dieciséis hormigas llevaban la litera de la reina encabezando el ejército.

El páramo era una montaña pelada, un polvoriento desierto. Se extendía como un claro hasta el infinito. La marcha duró muchas horas. Al fin, cuando el sol ya había comenzado a ponerse, vieron las hormigas plantas verdes en el horizonte. Siguieron la marcha hacia allí con fuerzas renovadas. ¡Era cierto! ¡Allí estaba su nueva tierra!

Cuando se encontraban a unos centímetros del bosque de hierba, el dios Mu apareció con un terrible poder sobre ellas y castigó al pueblo de hormigas. Era grande como una montaña. El suelo tembló bajo sus cuatro patas, y el ejército de las hormigas negras empezó a huir lleno de espanto.

La vaca venía del prado. Saltó por encima de las pequeñas zanjas al camino polvoriento y empezó a trotar hacia la granja. Al ver la carretera gritó alegremente: «¡Mu!»

El sol acababa de ponerse.

La cochinilla
y la mariposa

Una cochinilla que vivía en un sótano se encontró perdida al aire libre con un sol radiante. Se había arrastrado por el ventanuco del sótano y ahora era incapaz de encontrarlo para volver. El sol la cegaba. La claridad le hacía daño en los ojos, y tenía mucho miedo porque sentía que a su alrededor todo le amenazaba horriblemente.

Fue descubierta por tres divertidas mariposas que volaron hacia ella y empezaron a revolotear traviesas a su alrededor. En realidad, no querían nada más que jugar con el animalito que les parecía tan raro.

—¡Socorro! ¡Me están atacando unos monstruos! —gritó la cochinilla.

Y buscó desesperadamente una grieta en el muro que pudiera salvarla. Pero no encontró ningún escondite.

A las mariposas les hacía mucha gracia que alguien las tomara por monstruos; así que se reían, aleteaban y bailaban chocando unas con otras, casi pegadas a la cochinilla. Les parecía divertidísimo.

Por fin volvió a encontrar la cochinilla el ventanuco, y corrió tan rápido como le permitían sus patas a protegerse en la oscuridad. Ya estaba a salvo, y respiró con alivio al notar que volvía a ver. Entonces se arrastró rápidamente por las grietas del ladrillo de la pared, donde compartía casa con otras cochinillas.

—¡Escuchad lo que me acaba de pasar! —gritó la cochinilla—. He estado arrastrándome a la horrible luz del sol. Sólo el cielo sabe cómo pudo llegar a sucederme eso. De repente, todo a mi alrededor era brillante, me deslumbraba. Había estado perdida en un espantoso agujero y me dolía la cabeza como si fuera a estallar. Entonces llegaron unos horribles demonios voladores. Eran gigantes, y tenían alas. Venían de ese brillo que quemaba, y se abalanzaban sobre mí riendo a carcajadas. Me rodeaban, intentaban aplastarme con sus alas, que estaban hechas como de una niebla helada. Ha sido un milagro volver a encontrarme en el sótano. Amigas, me he salvado por los pelos de morir. ¡No salgáis nunca por el ventanuco! ¡Ahí fuera hay un infierno espantoso!

A las otras cochinillas se les erizó el caparazón de la espalda cuando escucharon esto. Desde luego, siempre les había dado miedo ese inquietante resplandor que entraba por el ventanuco, pero no se imaginaban que lo que había al otro lado fuera tan horrible. Espeluznadas, se ocultaron en las profundas grietas de la pared, y después de lo que habían oído, el aire helado y las tinieblas de su hogar les parecieron más deliciosos que nunca.

Pues bien, tres días después de este suceso, resulta que una de las tres mariposas se encontró perdida en el sótano. Estaba tan alegre que empezó a revolotear como una loca y se coló por el ventanuco, y de repente, todo era frío y oscuridad a su alrededor.

La mariposa estaba tan asustada, que, al lanzarse a volar para salir, chocó contra la pared del sótano y cayó al suelo.

Cinco cochinillas oyeron el ruido y salieron de sus escondites. Sentían mucha curiosidad, así que formaron un círculo alrededor de la mariposa y contemplaron asombradas su espléndida figura y el magnífico colorido. Todas estaban de acuerdo en que nunca habían visto un insecto tan bello.

Pero el frío del sótano entumecía poco a poco las alas de la mariposa. Un poco antes estaba llena de entusiasmo y volaba entre risas, y ahora sentía que se moría y tenía un miedo espantoso.

—¡Auxilio! ¡Auxilio! ¿Es que nadie va a ayudarme?

—¿Qué te pasa? —le preguntó la cochinilla que había salido por el ventanuco tres días antes—. ¿Estás herida? ¿Te duele algo?

Al oír esto, la mariposa reconoció la voz de la cochinilla.

—¿Dónde estás, pequeño escarabajo? —gritó—. No puedo verte. ¿No te acuerdas? Hace unos días te deslizabas por el muro y

nosotras, mis amigas y yo, nos reíamos mucho porque tú no hacías más que arrastrarte en círculos una y otra vez.

Las cochinillas se sorprendieron al oírla, y sobre todo la que había estado a la luz del sol.

—¡Entonces tú eres uno de esos monstruos infernales! —dijo—. Ahora entiendo. Yo tenía miedo porque no podía ver nada, y tú estás asustada por la misma razón. Nuestros ojos no soportan la luz y tus ojos no soportan la oscuridad. Tú tienes miedo en nuestro precioso y tranquilo sótano, y nosotras tememos tu mundo lleno de brillo. ¡Qué interesante! Ahora sé que la belleza de las cosas sólo depende de si eres mariposa o cochinilla.

Y las cochinillas levantaron a la mariposa y le mostraron el camino de vuelta a su mundo.

La mosca y la araña

Una vulgar mosca gris salió volando un día de verano por la ventana de la caseta de un jardín. Era un auténtico día de verano, muy caluroso. La mosca se sentía estupendamente. ¡Tenía ganas de volar y explorar el mundo!

Dio una rápida vuelta a la casita en la oscuridad del atardecer. Aterrizó en el mango de un rastrillo que estaba apoyado en una esquina, limpió sus alas para poder volar más rápido, y se puso a silbar en un elegante arco encima del tejado. «¡Este arco es una obra de arte, aerodinámica! ¡Increíblemente elegante, impulsivo! Lástima que nadie se haya dado cuenta», pensó la mosca.

Voló creando una línea en zigzags bruscos, y decidió que todavía daría otra vuelta al arco. ¡Ay! Allí arriba, subiendo por el tejado hasta la punta del arco, se extendía una enorme tela de araña tensada, y la mosca, que volaba alegremente, cayó al instante en los pegajosos hilos.

Saber que había caído prisionera fue como una ducha de agua fría para la mosca.

Sabía qué significaba estar colgada en una tela de araña. Y también sabía que muy raras veces un insecto podía liberarse de ella.

«Ahora, tranquila», pensó la mosca. «No puedo caer en el pánico; si no, con la agitación me enredaría mucho más en los hilos.» Examinó su situación y se dio cuenta de que sobre todo las patas de atrás estaban completamente pegadas al tejido de la araña. Era una tela recién hecha y por eso estaba especialmente pegajosa y elástica. «Tengo que estirar muy lentamente las patas traseras y ver si puedo con las delanteras destrenzar los hilos», pensó la mosca.

Mientras estaba ocupada en eso, se iba acercando la dueña de la trampa para moscas, que salía arrastrándose de su escondite. Era una horrible araña pardusca, y ya llevaba dos días sin comer nada. Su abdomen era gordo y peludo, sus grandes ojos brillaban, y su boca estaba llena de afilados garfios. Se arrastró por allí y se rió por lo bajo como una malvada vieja bruja.

—¡Eres una mosca fantástica! —dijo—. Te he estado observando todo el tiempo. De verdad que vuelas de maravilla. ¡Volabas!

—se corrigió—. Ahora eso ha terminado para ti. Espero que tu sabor sea tan bueno como tu vuelo.

—¡Ay, por favor, araña, no me comas! —le rogó la mosca—. Hace un día tan bonito y yo todavía soy tan joven para morir. Haz por una vez una excepción y déjame libre.

La araña volvió a reírse por lo bajo.

—Sí —dijo—. Hoy es un día precioso, y sobre todo porque tú has caído en mi tela. ¿Podría dejarte libre a ti, bocado exquisito? Suena a chiste. ¿Has oído alguna vez que una araña haya dejado libre a alguien que cayera en su tela? Parece que tienes ideas raras en la cabeza.

«Tengo que ganar tiempo», pensaba la mosca. «Tengo que distraerla. A ver si puedo disimuladamente desenredar las patas de atrás. Hay que intentarlo.»

—¡Pues sí! —dijo rápidamente la mosca—. Una vez vi cómo una araña liberaba a un pequeño mosquito de su tela.

—¡Eso es absurdo! —respondió la araña—. Pretendes engañarme. Pero, de todas formas, un mosquito no vale nada. Como mucho se puede considerar un entremés, y tampoco tiene un sabor especialmente agradable. Aun

así, creo que ninguna araña dejaría libre a un mosquito.

—Pues tengo que contarte rápidamente la historia de la mariquita —dijo la mosca deprisa, al ver que la araña se acercaba.

—Vamos a ver, ¿de qué cuento se trata ahora? —dijo la araña. Y se quedó parada.

—Una mariquita cayó una vez en una cuba llena de agua de lluvia —empezó la mosca—. Sus alas estaban mojadas y no podía volar. Estaba desesperada y nadaba dando vueltas alrededor de la cuba.

—¡Eso tiene mucha gracia! —dijo la araña. Y se rió de una manera repugnante.

—Pues la cuba estaba debajo de unas lilas —continuó la mosca—. Y en la rama de las lilas, una araña, que justamente se parecía mucho a ti, había tejido su tela. Cuando esa araña vio a la pobre mariquita debajo de ella, dejó caer un hilo y la sacó del agua.

—Muy hábil —dijo la araña—. Y entonces se la comió. Yo también lo hubiera hecho.

—¡Todo lo contrario! —gritó la mosca—. La dejó libre y ella se lo agradeció eternamente. ¡Se hicieron grandes amigas!

—¡Eh! —gritó la araña—. El comienzo de tu historia era bueno, pero el final ha sido absolutamente detestable. Creo que lo mejor es que te coma ya.

—¡Espera! ¡Espera! —gritó la mosca—. ¡Ya sé qué tipo de historias prefieres! Te gustan las historias en las que alguien es atrapado. ¿A que sí?

—Sí —dijo la araña—. Claro que me gustan las historias bonitas. Las historias de liberar a alguien son feas. Me ponen de mal humor.

—¡Entonces, escucha! —se apresuró a decir la mosca.

Y mientras hablaba, se frotaba y restregaba contra los hilos a los que estaban pegadas sus patas traseras, lo más disimuladamente que podía.

—Una grande y hermosa araña, que además era inteligente y astuta, y terrorífica, había tejido su magnífica tela sobre la ventana abierta de una despensa.

—No está mal —dijo la araña—. El comienzo de la historia es realmente de primera clase. ¡Sigue contando!

—Esta terrorífica, inteligente y astuta araña ya vigilaba desde hacía tiempo a un reino de unas cien hormigas, gordas y rojas, que vivían justo debajo de esa ventana. Un día entró en la despensa y alcanzó una gota de miel. Tejió un hilo largo y lo impregnó con la miel. Después lo dejó caer hasta donde estaban las hormigas. Al ver el hilo de miel, se abalanzaron todas las hormigas sobre él y lo fueron lamiendo hasta llegar arriba, a la tela de araña, donde todas cayeron en la trampa. ¿Te ha ocurrido eso alguna vez? Un centenar de hormigas rojas y grasientas. ¡Y esa araña se las comió todas!

—¡Qué bonito! —dijo la araña. Y se rió de forma asquerosa—. Pero tu historia tiene un precioso fallo, y por eso tengo que devorarte ahora mismo, mosca. Nosotras, las arañas, no comemos nunca pequeñas hormigas rojas. Nos resultan demasiado agrias. ¿Me tomas por tonta, o qué?

—¡No! ¡No! —gritó la mosca muerta de miedo—. ¡Me he confundido! ¡No eran hormigas rojas! ¡Eran bichos! ¡Sí, bichos! ¡Cien grasientos abejorros riquísimos!

—Mmmm, abejorros... —dijo la araña. Y cerró los ojos saboreándolos.

—Entonces aún tengo que contarte la historia de la araña gigante que vivía en una montaña —dijo la mosca.

—¿Una araña gigante? —dijo la araña—. Suena bien. Pero me ha entrado tal apetito con la historia de los abejorros, que no puedo esperar más. Tengo que comerte ahora mismo. Lo siento...

—¡No! ¡No! —gritó la mosca—. Por favor, déjame contarte aún esta historia. Es una historia maravillosa. Nunca has oído otra igual. Y abre el apetito todavía más que la de los abejorros.

—Entonces, bien —dijo la araña después de pensar un segundo—. Esa historia aún la escucharé, pero después se acabó, querida mía.

—Aquella gigantesca araña montañera había tejido su peligrosa tela en la boca de un despeñadero —comenzó la mosca—. ¡Imagínate, esa araña era más o menos cien veces más grande que tú, y su tela se extendía por unos mil kilómetros cuadrados!

—Muy difícil de creer —dijo la araña—. No existe una araña así. Pero sigue contando. El comienzo no me resulta demasiado antipático.

—En esa montaña vivían muchos osos, grandes y gordos —continuó la mosca—. Los osos eran miopes. Un día quisieron ir por el despeñadero, no vieron la tela a tiempo y fueron todos capturados.

—¿Osos? —dijo la araña—. Nunca lo había oído. ¿Qué tipo de animales son?

—Son grandes animales con un sabor exquisito —dijo la mosca—. ¡Desde lejos parecen abejorros, solo que son diez mil veces más grandes!

—¡Mmm, qué rico! —dijo la araña—. Esta historia ha sido absolutamente de mi agrado. Tenías razón, me ha abierto más el apetito que la de los abejorros. ¡Y ahora te voy a comer!

—¡Espera! ¡Espera! ¡Todavía no! ¡Todavía no! —gritó la mosca—. Por favor, déjame contarte sólo una historia que es única.

—No —dijo la araña—. ¡Se acabaron las historias!

—Pero si es una historia cortísima —dijo la mosca—. Sólo es una frase, y tiene un final sorprendente. ¡Te vas a quedar alucinada!

—¿De verdad? —dijo la araña—. Eso es interesante. Venga, cuéntala.

—¡Acabo de liberarme! —dijo la mosca.

Y escapó de allí volando a la velocidad del rayo.